L'Inventamondi

L'INVENTAMONDI

Testi: Luca Azzolini
Pubblicato in accordo con MalaTesta Lit. Ag.

Illustrazione di copertina: Mónica Armiño
Pubblicato in accordo con Advocate Art Sociedad Limitada

Redazione Gribaudo
Via Strà, 167/F
37030 Colognola ai Colli (VR)
redazione@gribaudo.it

Responsabile di produzione: Franco Busti
Responsabile di redazione: Laura Rapelli
Responsabile grafico: Meri Salvadori
Fotolito e prestampa: Federico Cavallon, Fabio Compri
Segreteria di redazione: Manuela Falesiedi

FSC
www.fsc.org
MISTO
Carta
da fonti gestite in
maniera responsabile
FSC® C021883

Stampa e confezione: Grafica Veneta, Trebaseleghe (PD)

Socio Unico Giangiacomo Feltrinelli Editore srl
Via Andegari, 6 - 20121 Milano
info@gribaudo.it - www.gribaudo.it

Prima edizione: 2022 [9(Fe)]

LUCA AZZOLINI

L'INVENTAMONDI

Con uno schiocco delle dita

GRIBAUDO
fantasy

A tutti gli Inventamondi,
che con le loro storie sanno fare Vera Magia.
Scrivere è l'incanto più grande.

L.A.

«Questa è una terra che non ha sostanza,
sembra dipinta in un cielo stellato,
terra che trema come pioggia al vento
quando il Re Corvo passa in lontananza.»

«Per sempre, sì, per sempre, ricordati di me,
nella brughiera, sotto le stelle,
in compagnia del Re.»

LA BALLATA DEL RE CORVO
da *Jonathan Strange & il Signor Norrell*
di Susanna Clarke

SNAP!

Ci sono dei giorni che mi piacerebbe poter cambiare dall'inizio alla fine, magari con un rapido schiocco di dita. Giorni dai volti neri. Giorni dagli occhi tristi. Giorni che fanno paura. E questo è proprio uno di quelli.

La porta di casa è soltanto socchiusa. Il pianerottolo è deserto. Il condominio a quest'ora tarda della notte tace; i miei genitori, invece, no. Loro parlano sottovoce come quando hanno qualcosa d'importante da dirsi.

L'argomento sono io: da qualche tempo sono sempre io. Sento lo stomaco ribaltarsi e il cuore farsi gelido come la pioggia furibonda che picchia contro le mura del nostro palazzo. Se solo riuscissi a farli tacere e a urlare che io sono fatto così e basta, e che questa è la pura e semplice verità.

Se solo riuscissi...

Riuscissi a...

A...

Abbasso lo sguardo e sento le dita della mano sinistra che pizzicano. Le fisso sconvolto per un istante e poi iniziano a bruciare. È come il fragore di un tuono che mi scoppia in testa. Lo sento correre sotto la pelle.

Ora lo avverto e so all'istante cosa fare.

Alzo in aria la mano.

Avvicino i polpastrelli e li faccio schioccare.

SNAP!

PARTE PRIMA

IL GIORNO PRIMA DELLO SNAP!

1

IN CUI UN RAGAZZO CON UNA FAMIGLIA SPECIALE TEME DI NON ESSERE AFFATTO "SPECIALE"

Sua madre Livia l'aveva sempre chiamata la "scintilla". Per suo padre Anchise, al contrario, era la "vertigine". Per sua sorella Olimpia la sensazione era un po' diversa: per lei era una "melodia". Seduta attorno al tavolo in cucina, in una fredda domenica di fine ottobre, la sua famiglia parlava soltanto di *quello* e Timo ormai non ne poteva più. *Ma perché la fanno tanto lunga?*

Sua madre aveva addirittura preparato una colazione con i fiocchi per festeggiare. Aveva mandato suo padre a prendere cornetti, pasticcini e una torta al cioccolato al forno sotto casa. Si respirava un'aria di festa e soltanto Timoteo provava un fastidio che gli si attorcigliava al cuore. Sapeva anche dargli un nome.

Invidia.

Quel mattino, Leonida – per tutti, Leo – il suo fratellino, era riuscito ad avvertire *quella* sensazione. Si era svegliato di soprassalto nel letto, stringendo forte al petto il suo orsetto di peluche, Mr. Smoky. Ed era successo... Timo non riusciva a staccargli gli occhi di dosso. Non sembrava né più alto né più grande, ma un po' più felice. E aveva solo sette anni.

Gli sembrava tutto quanto un orribile scherzo, o peggio, un'ingiustizia: perché Timo *quella* straordinaria sensazione non l'aveva mai provata. La possedevano – in gran segreto – tutti i membri della sua famiglia. Era così da generazioni; anzi, a sentire sua madre, da secoli. La famiglia Draghi era da sempre speciale.

«È stato come un formicolio!» saltò su Leo a un certo punto, chiedendo dell'altro latte con la bocca tutta sporca di cioccolata. Tese la tazza sopra il tavolo della colazione e suo padre sorrise con orgoglio, spettinandogli fiero i folti capelli neri.

Timo restò di sasso a fissarlo. Erano così simili, lui e suo fratello: entrambi con grandi occhi verdi e una zazzera di capelli scuri; entrambi pallidi come Livia e col sorriso storto di Anchise. Olimpia, al contrario, era un caso a parte. La sua sorella maggiore aveva ereditato i capelli rossi e le lentiggini in faccia da nonna Lucina. Lui e Leo si assomigliavano un sacco, lo avevano sempre detto tutti, parenti e amici, ed era sempre stato così: almeno fino a quel giorno. Chissà perché, Timo si sentì in qualche modo tradito da suo fratello.

«E hai avuto paura?» chiese Olimpia. «Ora ti senti diverso? Hai urlato un po'?» Afferrò svelta un pasticcino e lo fece sparire in un sol boccone.

Leo scoppiò a ridere. «*Naah*... non ho avuto paura.»

«Bugiardo!» saltò su lei.

«Giuro!»

«Ma nemmeno un pochino di fifa?» insistette sua sorella. «Io la prima volta per poco non sono morta dallo spavento, lo sai?»

Timo alzò gli occhi al cielo. Olimpia era sempre il solito strazio, pronta a fare un dramma per ogni piccola cosa. Leo, però, scosse la testa agguantando un'altra bella fetta di torta. «Io no» sbottò con un'aria assonnata. «È stato bello. È stato...»

«Speciale» mormorò Livia sorridendo dall'altra parte del tavolo. Guardò tutti i suoi figli con le mani incrociate sotto il mento. Gli occhi azzurri brillavano dietro agli occhiali dalla montatura dorata. Era così fiera dei suoi ragazzi, così felice per quella sorpresa. Quando si soffermò su Timo, però, la sua espressione cambiò. Durò solo un istante e lei si schiarì subito la voce: «Questa sera festeggeremo tutti assieme come si deve, okay?».

Leo balzò contento sulla sedia. Timo, invece, strinse i pugni e abbassò gli occhi nel piatto. Non aveva toccato né il latte né la brioche, che ormai si erano raffreddati. Tutto il succo di frutta era rimasto intatto nel bicchiere. Gli veniva il voltastomaco al solo pensiero. Suo fratello, a sette anni, aveva dimostrato di avere il dono.

Lui, purtroppo, ancora no. Nessuna scintilla o melodia. Nessuna vertigine o formicolio. *Niente di niente.* Gli occhi di Timo presero a pungere, ma lui fece di tutto per cacciare indietro le lacrime. Provò soltanto un senso di vuoto immenso alla bocca dello stomaco. Era rabbia mista a dolore. Timoteo –

a dodici anni compiuti – avvertì tutta la delusione del mondo. *Perché nella mia famiglia sono tutti speciali tranne me?*

Era il solo a non possedere un talento.

L'unico a non avere un dono.

Nelle sue vene non c'era neppure un briciolo di *magia*.

2

IN CUI SI FORNISCE PROVA DI VERA MAGIA, E SI RAMMENTA DI CUSTODIRNE IL SEGRETO

Olimpia chiuse gli occhi e allungò una mano. Per un po' non accadde nulla, niente di niente. Ci fu solo un silenzio abissale come se la casa intera fosse sprofondata sul fondo del mare. A Timo parve quasi di sentire l'odore salmastro delle correnti. Poco dopo, però, da una vecchia credenza in soggiorno, arrivò un fragile tintinnio: un raspare sordo simile a un grattare d'unghie.

L'anta si spalancò e un oggetto prese a trascinarsi lento sul ripiano di legno graffiato. Timo odiava quando sua sorella si comportava a quel modo; quando cioè faceva sfoggio del suo potere. Lei se ne vantava e quella era la prima regola da non infrangere: mai usare un dono per mettersi in mostra con gli altri.

Timoteo strinse forte le labbra e guardò i suoi genitori sperando che la riprendessero, ma né suo padre né sua madre dissero nulla. Anche loro volevano vedere in azione il talento di Leo.

L'oggetto – un antichissimo ciondolo d'argento ossidato – sorvolò il salotto, il sofà e le poltrone. Volteggiò in aria fino a raggiungere la cucina e per un attimo rimase sospeso sopra la tavola come se la gravità non esistesse. Era quello il potere segreto di Olimpia: la *levimanzia,* cioè la facoltà di spostare oggetti con il pensiero.

Il dono si era risvegliato quando sua sorella aveva dieci anni e ora, a quindici, sapeva padroneggiarlo con una discreta abilità. *Però sa muovere solo degli oggetti piccoli,* ricordò una vocina pettegola nella testa di Timo. *Piccolissimi. Non più grandi di un libro. Non è niente di davvero speciale o straordinario!* Ma come se ne vantava...

Olimpia l'adocchiò con un sorrisino soddisfatto sulle labbra. Sembrava quasi dirgli: "Hai visto come si fa?". Timo provò il feroce desiderio di fargliela pagare. Perché lo faceva sentire così, come una nullità? Però non fece niente. Non ce ne fu il tempo.

Leo alzò una mano e con due dita afferrò il ciondolo. L'espressione sul suo viso si fece lontana, era come se suo fratello si fosse distratto. Un debole bagliore dorato accese il pendaglio e rischiarò il viso di Leo. Poi, serissimo, il bambino chiuse gli occhi.

«Ora concentrati» ordinò sua madre. «Insegui il dono in te.»

Leo aggrottò la fronte. «È come... come...» provò a dire, senza trovare le parole giuste. Arricciò il naso e rimase a pensare.

Livia si sporse sul tavolo. «Sentilo fluire dentro il cuore, Leo. Seguilo così come un aquilone inseguirebbe una corrente d'aria.»

«È come quando... si addormenta un braccio» spiegò lui a occhi chiusi. «O come quando si sta seduti a gambe incrociate e... sembra di sentire le formiche che ci corrono sopra.»

«Ecco il formicolio» mormorò Anchise con un cenno a Livia.

«Tu lasciale correre,» proseguì sua madre «e seguile nella corsa. Dove ti stanno portando? Riesci a capire il luogo in cui sei?»

Leo prese un lungo respiro e di colpo la luce attorno al ciondolo si fece più intensa. Timoteo avvertì uno sfolgorio nell'aria. La cucina era più brillante: il grande frigorifero, la TV, i fornelli, i resti della colazione, tutto sembrava più nitido. Seduti attorno al tavolo, tutti trattennero il fiato mentre Leo sembrava perso in un mondo lontano. «Il ciondolo è di nonna Lucina,» disse poco dopo, sicuro «è un vecchio regalo. Ed è antico... *mooolto* antico.»

«E che altro?» gli chiese Livia. «Che cosa riesci a vedere, tesoro?»

«Arriva da una terra tanto lontana. Là ci sono boschi e brughiere. E un castello crollato. E dei corvi di pietra sulle mura che circondano l'ingresso. Ci sono un mare freddo e onde buie.» Il volto di Leo era serissimo. «La nonna l'ha avuto da sua madre, che l'ha avuto da sua madre prima ancora... e così via.» Corrugò la fronte, s'interruppe e la magia si spezzò. Aprì gli occhi e la luce attorno al ciondolo si spense.

«Ma sono stato io?» chiese guardando Anchise e Livia, poi si accasciò contro lo schienale e rimase a fissarli in silenzio. Sembrava stanco, come se quella prova gli fosse costata tanta concentrazione e un grande sforzo.

«*Lungimiranza*» dichiarò con certezza Livia. «Non ci sono dubbi.»

Timo scrutò suo padre, che stava già annuendo convinto. Leo invece corrugò la fronte. «Lun... *lungi*» riprovò. «Lungi... che?»

«Lungimiranza» saltò su Olimpia, con quella sua solita aria da sapientona prima della classe. «È il talento di leggere la memoria delle cose. Toccando un oggetto puoi vedere il suo passato, la sua storia, o chi l'ha posseduto.»

Leo sembrava deluso. *Be', è un potere ridicolo,* rimuginò Timo. *Un talento senza alcuna utilità*. Si sentì orribile a pensare una cosa del genere del suo fratellino, però era una triste verità e non c'era nulla di strano: pochi avevano doni o poteri straordinari; anzi, ormai quasi più nessuno.

Livia si alzò, fece il giro del tavolo e posò una mano sulla spalla di Leo. Con una carezza pulì uno sbaffo di cioccolato sulla sua guancia. «Tu sei straordinario così come sei, tesoro» disse. «Questo potere non definisce chi sarai. È solo un dono e come tale va accettato e compreso. Imparerai col tempo a usarlo, crescerà e ti aiuterà a scoprire qualcosa di te, credimi.»

«Per davvero?» chiese lui, ancora un po' triste. «Sempre di più?»

«Sempre di più. Ma ricorda, non sarà mai il tuo potere a dirti chi sarai un giorno, il ragazzo e l'uomo che diventerai. Le decisioni che prenderai saranno una tua scelta. Fanne solo un buon uso, Leo. E rammenta,» sua madre si portò un dito alle labbra «questo è un segreto, non scordarlo mai.»

Anchise annuì e aggiunse: «Le famiglie dotate di talenti sono sempre meno e noi dobbiamo custodire attentamente questo segreto, tenerlo solo per noi».

Timo scostò la sedia dal tavolo strisciandola per terra. Aveva sentito abbastanza e ne aveva le scatole piene di tutto. *Sciocchezze,* pensò. *Nient'altro che un mucchio di stupide parole!*

Sentì gli occhi dei suoi genitori premuti contro la schiena, ma nessuno disse nulla: sapevano cosa gli passava per la testa.

La paura di essere uno *Spento.*

3

IN CUI UNA VECCHIA SOFFITTA POLVEROSA DIVENTA IL RIFUGIO PERFETTO IN CUI NASCONDERSI

C'era un solo posto in cui Timo riusciva a isolarsi da tutto: il sottotetto del condominio, all'ottavo piano del palazzo in cui abitava con la sua famiglia. I suoi pensieri, però, non la smettevano di vorticare. Con la fronte schiacciata contro una finestra gelida, rimase a guardare la strada, là sotto, scomparire nella nebbia fitta e umida. Mantova era invasa da un volo di foglie dorate che pioveva pigro sulla città.

Sono uno Spento?

Timo infilò una mano nella tasca della felpa e con l'altra si cacciò il cappuccio in testa. Non voleva parlare con nessuno e non gli andava di fare niente. Voleva solo stare lì seduto a gambe incrociate sopra una vecchia cassapanca rivestita di tappeti sfrangiati, a fissare la città dalla cima di un condominio edificato all'inizio degli anni Cinquanta, fingendo che i suoi problemi non esistessero. L'odore della polvere e dei mobili tarlati era la sua unica compagnia.

Uno Spento.

La città era sommersa da una densa foschia azzurrina. Era una di quelle domeniche umide e caliginose d'autunno, con la nebbia che sorgeva a ondate dai laghi. Le auto correvano fra via Po e viale Isonzo sollevando raffiche di foglie dorate che i tigli facevano cadere sull'asfalto nero. Era simile a una quieta pioggia di monete infuocate nella foschia. Mantova era irreale in giorni come quelli, colma di una sottile magia.

Più in là, se solo avesse alzato lo sguardo, Timo avrebbe visto l'enorme giardino di Palazzo Te, dove fra gli alberi e sul prato qualcuno stava già correndo con un cane o giocava a pallone.

Lui però si strinse nella felpa e rimase a fissare il proprio fiato che si condensava contro il vetro: un respiro e là fuori il mondo svaniva; un altro respiro e là fuori il mondo tornava. In mezzo al mobilio che i condòmini avevano radunato lassù, Timo era a suo agio; non sapeva spiegare perché, sapeva solo che fra quelle vecchie credenze e i logori sofà, fra mosche rinsecchite, cimici mummificate e ragnatele d'argento filato si sentiva al sicuro.

Con una mano pulì fiacco il vetro dalla condensa. Gli sarebbe piaciuto riuscire a fare lo stesso con quel dispiacere che portava dentro. Non ce l'aveva con suo fratello, anche se poteva sembrare così. Si era comportato proprio da stupido a colazione, ma a dire il vero era contento per Leo. Aveva trovato il suo talento, ed era stupendo, ma lui non riusciva proprio a fingersi allegro.

«Perché io ancora no? Perché non ci riesco?» si chiese ad alta voce, stringendo i pugni fino a farsi male. Era una sorta di sconfitta. Sua madre aveva avvertito la "scintilla" a dieci anni, proprio com'era successo a sua sorella Olimpia. Il suo dono, la *florimanzia*, era la curiosa capacità di controllare le forme di vita vegetali. Poteva sembrare un talento straordinario, ma non era nulla di particolare. Sua madre, tuttavia, lo aveva reso un vero lavoro e aveva aperto una bottega che aveva chiamato *La voce dei fiori*.

La stessa cosa l'aveva fatta suo padre Anchise con il suo dono, l'*ablamanzia*: cioè il talento di parlare tutte le lingue del mondo, umane e animali. A volte era veramente uno spasso sentirlo chiacchierare con un gatto randagio, un airone o un vecchio riccio di campagna. Quel potere si era risvegliato in lui quando aveva nove anni e aveva imparato a usarlo così bene che ora lavorava come interprete e traduttore. Erano questi i talenti della sua famiglia: poteri semplici, doni quasi banali e a volte inutili.

Eppure avrebbe fatto qualsiasi cosa pur di averne un briciolo.

Timo però aveva già notato una cosa tremenda. «Dieci anni,» contò sottovoce «nove anni, sette anni... ma io ne ho già dodici.» *Dodici anni!* gli strillò un pensiero nero dentro la testa. Si scostò dalla finestra e si lasciò cadere contro i cuscini nel suo covo. *È già troppo tardi?* si domandò. *Sono uno Spento?*

Non se ne parlava mai in casa, non apertamente. Aveva

tuttavia sentito i suoi genitori discuterne. Era successo solo poche volte e soltanto quando credevano di essere soli. Era un argomento delicato anche per loro. La magia stava scomparendo, i doni diventavano sempre più fragili e le famiglie dotate di poteri erano sempre meno.

C'era stato un tempo d'incredibili talenti, di oracoli e veggenti, di maghi e streghe, di donne e uomini potenti come degli dèi. La Storia ne era piena e i loro nomi erano diventati leggendari: Icaro e Pandora, Circe e Matusalemme, Cassandra; Merlino con Morgana, e Cagliostro e Nostradamus e mille altri ancora. Sempre più spesso, però, anche nelle grandi famiglie magiche, nascevano persone senza alcun talento, dono o potere.

Gli *Spenti.*

Era ciò che stava accadendo anche a lui? Timo sentì gelide carezze lungo la schiena. Guardò il vento issare la nebbia come una vela sulla città. Un mare di foglie dorate turbinò davanti alla finestra come i pensieri che gli affollavano la testa. «Io sono uno Spento» si disse con un groppo in gola.

Qualcosa nel suo cuore gli suggeriva che poteva essere così. Chiuse gli occhi e cacciò all'istante quell'idea. Non voleva pensarci. Non poteva essere vero! A volte le persone temono ciò che hanno nel cuore, eppure è quello l'unico posto in cui cercare una risposta. Timo però non si sentiva ancora pronto.

Aveva soltanto paura.

Molta paura.

4

IN CUI LE PAROLE DI UNA BUONA AMICA SANNO ILLUMINARE ANCHE CHI SI SENTE “SPENTO”

Timo non sentì la botola della soffitta aprirsi. Non udì la scala a molla cigolare né scendere fino al pianerottolo. Non colse il rumore di passi fra i mobili. Non avvertì neppure la risatina trattenuta finché d’un tratto pile di fumetti non gli caddero in testa, facendolo sobbalzare e strappandogli un grido.

Numeri di *Spider-Man*, *Vendicatori Divisi*, *Eterni* e di *Avengers vs. X-Men* si sparpagliarono un po’ ovunque sopra i tappeti e il pavimento impolverato. «Ehi, tu! Ma oggi non dovevi venire al parco?» Diana si schiantò con un balzo sul sofà invaso dalle ragnatele. Una fitta coltre di polvere parve inghiottirla. Quando riapparve, la sua compagna di classe e vicina d’appartamento sorrise. «È da stamani che ti mando messaggi, saranno stati minimo una ventina... Che fai qui da solo?»

Timo scrollò le spalle studiando il macello di fumetti attorno a lui. Si mise a riordinarli uno a uno per numero d'uscita. «Scusa,» disse «è solo che...» *Me ne sono scordato. Sai, mio fratello questa mattina si è svegliato con un superpotere, anche se non voglio ammetterlo perché sono invidioso e perché io a dodici anni sono già uno Spento.* Ma non poteva certo dirle così. «Ho lasciato il telefono di sotto» mentì alla fine, senza riuscire a fissarla negli occhi.

Diana aggrottò la fronte e si scostò una ciocca di capelli blu dal viso. Era una novità di quell'anno: a settembre si era presentata in classe con tre piercing all'orecchio destro, uno al naso, e i capelli di un favoloso blu mare, come certe mattine d'estate quando l'orizzonte si nota appena. L'avevano invidiata tutti.

A volte Diana si disegnava sul viso cerchi e spirali bianche adoperando tempere, trucchi o matite colorate. Diceva che facevano così in India, dove era nato suo padre. Anche se di lui, a dire il vero, Diana aveva pochi ricordi e tutti confusi.

Restò a fissarlo in silenzio, studiandolo con i suoi profondi occhi neri. Timo si sentì a disagio, perché conosceva bene quello sguardo. Non prometteva mai nulla di buono. «Be'? E adesso che ho detto?» domandò scrollando le spalle. Cercò di pensare solo ai fumetti che le aveva prestato il giorno prima. Era una passione che avevano in comune e lei li aveva divorati in un lampo.

Diana però scosse la testa e scese lenta dal sofà. Sedette a gambe incrociate sul tappeto, davanti a Timo, e lo guardò in faccia. «Ma che hai, si può sapere?» chiese tutta seria. «Sputa il rospo.»

Lui s'incupì all'istante. «Te l'ho detto, non ho un bel niente!»

«Certo, come no! E io sono una Guardiana della Galassia!»

«Dico davvero» provò a insistere lui.

«Io però non sono scema, sai?»

«Sto bene, Diana. È solo... solo che...»

«È solo che *cosa*?» Gli tolse il cappuccio e lo guardò dritto negli occhi. Da lì Timo non seppe più come fare a scappare. Abbassò lo sguardo e arrossì di colpo. Cercò nei fumetti una risposta che non seppe trovare. Diana era sempre così forte, decisa, sicura. Era fra i più bravi in classe, ma non se ne vantava mai; si sforzava di essere la versione migliore di sé.

Timo si schiarì appena la voce. «Ho solo qualche piccolo problema a casa» minimizzò, senza aggiungere altro. Non poteva. Prese un fumetto e lo mise sulla pila assieme agli altri, ma sentiva lo stesso gli occhi attenti di Diana puntati addosso.

«È che a volte,» tentò di dire «a volte è come se...» Timo riprese il fumetto che aveva appena appoggiato in cima alla pila e lo agitò per aria. In copertina c'era il potente Thanos – il Titano degli Avengers – che stava per schioccare le dita, cancellando così metà dell'universo con un semplice gesto. SNAP! c'era scritto su tutta la pagina in enormi lettere vibranti.

«A volte vorrei proprio poter fare come lui» continuò Timo mostrando a Diana la copertina. «Capisci cosa intendo? Vorrei poter schioccare le dita e cancellare le cose che non vanno. Vorrei trasformare le giornate storte come questa o cambiare i momenti tristi in qualcosa d'altro. Avere la forza di...»

«Distruggere l'universo? Con un solo schiocco di dita?» Diana sorrise e Timo rimase per un istante a bocca aperta, poi esplose in una risata. «No!» ammise. «Ma capisci quello che intendo?»

Sì, lei lo capiva, Timo glielo lesse in faccia. In quel momento anche nello sguardo sempre vivace di Diana cadde un granello di malinconia. Subito dopo lei gli prese il fumetto dalle mani e lo studiò. «Be' sì, sarebbe forte» commentò, poi scosse la testa. «Però io non lo vorrei mai un potere del genere, sai?»

«Ma come no?» Timo la osservò sbalordito. «Mi prendi in giro?»

«Sono serissima, invece. È così.» Diana gli restituì il fumetto e lui ci rimase quasi male. Non lo prese subito. Lo fissò e basta. Solo dopo un istante si affrettò a rimetterlo con gli altri. «Perché?» chiese poi, incerto. «Che cosa ci sarebbe di tanto sbagliato?»

Diana ci pensò su un attimo. «Forse nulla,» rispose «ma mi chiedo se saprei cosa fare di un potere tanto grande. Sarei la persona giusta?» Balzò in piedi e Timo restò a fissarla. Si pulì i jeans con due rapide manate e subito dopo gli tese un braccio carico di anelli e bracciali. «Dài, ora basta. Usciamo un po'. Ti va di venire con me? Ho proprio voglia di fare un giro al parco.»

Timo fece uno dei suoi soliti sorrisi storti e agguantò la mano tesa. Perché a volte serve veramente poco per sentirsi meglio.

Una buona parola. Un gesto gentile.

Un'amica sincera.

5

IN CUI INIZIA A PIOVERE A CATINELLE E SI FA LA CONOSCENZA DEL SIGNOR BECCAMORTO

Quando scesero al pianterreno e le porte dell'ascensore si aprirono con un sonoro *tlin-tlon,* Timo e Diana si accorsero della pioggia battente che picchiava sul selciato nel giardino. Non riuscirono a mettere fuori dal palazzo nemmeno la punta del naso.

«Ma che sfortuna nera!» si lasciò scappare Diana con un'occhiata delusa. «Ecco, ora sì che ci servirebbe quello schiocco di dita!»

Timo cacciò le mani nelle tasche della felpa e se ne restò muto. La giornata era delle più storte. Anche il cielo sopra la città sembrava franare. La nebbia aveva lasciato il posto a nuvole pesanti come onde di ferro battuto da cui cadeva una pioggia affilata. Il vento freddo arrivava a ondate sopra i vetri appannati.

«Be', e adesso che si fa?» chiese Diana. «Non c'è verso di uscire...»

Timo scrollò le spalle: domeniche come quella erano un incubo. «Film da te?» suggerì fiacco. «Partita alla Play?» Diana aveva un sacco di bei canali streaming e anche i giochi più scaricati, e lui avrebbe fatto qualsiasi cosa pur di non tornare a casa.

«Okay, se ti va» rispose lei facendo spallucce, ma non sembrava convinta. «Tanto anche oggi avrei passato tutta la giornata da sola.»

«Tua madre non è in casa?»

«No.»

«Pure di domenica?»

«Ovvio!» Diana alzò gli occhi al cielo. «Lei non c'è mai.»

A Timo non sfuggì il tono amareggiato con cui lo disse. «Ma non dovevate uscire insieme?»

«Sì che dovevamo.»

«E invece?»

Diana scosse la testa e i capelli blu le scivolarono sul volto. «Questa mattina presto l'hanno richiamata in ospedale.» Fece un gesto con la mano come a dire: "È sempre la stessa storia".

La madre di Diana era un medico chirurgo e primario dell'ospedale. Vivevano da sole al sesto piano del condominio, proprio sotto l'appartamento di Timo. La madre di Diana, però, non si vedeva mai. Il lavoro era diventato tutta la sua vita, soprattutto da quando il marito se n'era andato, anni prima.

«Ha un altro intervento d'urgenza e ne avrà per tutto il giorno. Forse non riuscirà nemmeno a tornare a casa per cena» spiegò stanca. «E io sono bloccata qui con un temporale da urlo!» Diana appoggiò la fronte contro la vetrata umida e gelida.

Fu un colpetto di tosse alle loro spalle a sorprenderli. Un "*eh-ehm!*" impettito, quasi infastidito. I due ragazzi si voltarono e videro la porta che dava sull'appartamento al primo piano chiudersi di schianto. Timo riuscì a stento a scorgere l'interno di quella casa in cui non aveva mai messo piede. Notò un corridoio tuffato nell'ombra livida, pareti tappezzate e mazzi di candele sopra una brutta specchiera dal ripiano di marmo grigio. Poi la porta nascose il resto. Si udì il suono di tre mandate girate alla svelta e un brutto ombrello nero si fece spazio nell'androne, quasi a ingombrarlo tutto. Lo impugnava un uomo sottile e magrissimo, tutto ossa e zigomi sporgenti. Era calvo e stretto in un cappotto infeltrito color notte fonda. Aveva le guance scavate e un po' cascanti, un naso storto gli riempiva la faccia troppo lunga perché potesse risultare simpatica. L'inquilino del primo piano li fissò con gli angoli della bocca piegati all'ingiù, come se si fosse trovato davanti a degli sporchi pidocchi.

«*Eh-ehm*» ripeté. «Spostatevi, sciò!» Si fece largo con la punta dell'ombrello scansandoli malamente. «Bimbetti!» sbuffò irritato.

Timo e Diana furono costretti ad appiccicarsi alla parete. Si fecero minuscoli fra le cassette delle lettere e le biciclette appoggiate al muro, vicino alla porta di metallo arrugginito dello scantinato. «Ma certo, signor... *Beccamorto*» mormorò Diana con una risatina nervosa. Timo le diede una gomitata sperando che il condomino non l'avesse sentita.

Poco dopo l'uomo aprì l'ombrello e uscì svelto sotto la pioggia; sembrava un corvo dalle ali bagnate. Lo seguirono con lo sguardo finché non svanì dietro un angolo, oltre il palazzo.

«Scema!» scoppiò Timo. «Potevi urlarlo un po' più forte, sai?»

«Tanto non mi ha sentito.» Diana incrociò le braccia dietro la schiena. «E poi che ho detto di male? È vero, no? Non sono io quella che lavora in un'agenzia di onoranze funebri!»

«Brrr, ma t'immagini?»

«Poteva fare solo un lavoro come quello.»

«Già.»

Timo sentì un brivido lungo la schiena e guardò di nuovo la porta di Casa Beccamorto. La chiamavano a quel modo solo quando i loro genitori non erano nei paraggi. Lui e Diana avevano dato un soprannome a tutti gli inquilini del palazzo.

Lucida. Alta. Nera. La porta era come quell'uomo che lavorava fra le tombe e, Timo ne era certo, doveva essere pure gelida. «Chissà che cosa ci tiene là dentro» rifletté Diana. Salì il primo gradino e fissò tutte le altre porte che s'intravedevano dalla tromba delle scale. «Ci hai mai fatto caso, Timo?» domandò reggendosi al corrimano, con la testa dalle ciocche blu rivolta in alto.

«A cosa?»

Con l'indice, Diana indicò sopra di lei. «Alle porte.»

«Le porte?!»

«Sì, sono tutte diverse. Non te ne sei mai accorto?»

No, Timo non ci aveva mai fatto caso; quelli, di solito, erano dettagli che notava soltanto lei. Stava per dirglielo, quando con la coda dell'occhio vide una mela rotolare giù dai gradini.

Scalino... *Tonfo.* Scalino... *Tonfo.* Scalino... *Tonfo.* Si fermò contro la scarpa di Diana e solo allora Timo guardò in cima alle scale. Un tuono crepitò e riecheggiò per tutto l'andito.

Stava capitando qualcosa ai piani superiori.

6

IN CUI SI DÀ CONTO DI TUTTE LE PORTE E CI SI IMBATTE NEI RESTI DI UNA "SPESA IN FUGA"

Diana ha ragione. Ha sempre ragione, pensò Timo, anche se non lo avrebbe mai ammesso ad alta voce. Lei però riusciva a vedere il mondo in un modo molto più profondo di lui. Le porte erano diverse, era vero. *Perché non ci ho mai fatto caso?*

Era forse per via delle pareti anonime, tinta crema, del condominio? O era forse per colpa dell'ascensore dalla gabbia dorata e dai vetri smerigliati che Timo occupava spesso, perché di rado usava le scale? O era forse perché non aveva mai osservato realmente il palazzo in cui abitava con tutta la sua famiglia, troppo concentrato su di sé e sui suoi problemi? Guardare soltanto e riuscire a vedere erano due cose ben diverse.

Non aveva idea del perché, ma Diana aveva ragione da vendere. Se ne accorse quando raggiunsero il secondo piano e s'imbatterono in altre due mele rosse. Stavano appoggiate contro una porta zincata, su un tappetino tinta fumo, presso l'appartamento del signor Gas. Sull'etichetta del campanello c'era scritto un altro nome, ma per loro era soltanto il signor Gas.

Un uomo di mezza età che operava nella disinfestazione e che spesso, la mattina, quando usciva per andare al lavoro, li salutava con un "Ehi, piccoli topastri!". Era sempre in tuta da lavoro, bardato dalla testa ai piedi, e la porta di casa sua era esattamente come lui: pesante e blindata. Diana si chinò a raccogliere le due mele a terra. «Di nuovo?» disse sottovoce. Le allungò a Timo e tenendosi al corrimano salì un altro giro di scale. Il temporale infuriava ancora minaccioso sul palazzo.

Giunta al terzo pianerottolo, si bloccò a bocca aperta e impedì a Timo di fare un altro passo. «Fermo!» Indicò con un dito il disastro che stava là davanti: un'enorme pozza di liquido bianco. «Latte.» Era finito ovunque e colava lento sui gradini e sul pavimento, inzuppando un tappetino già mezzo fradicio.

«Oh no!» si lasciò sfuggire Diana. Saltò la pozza e suonò tre volte il campanello.

La porta a quel piano era forse la più strana di tutte. Era stata ricoperta con tanta pazienza, usando ritagli di giornali e pagine prese da malridotte edizioni di libri usati. Doveva essere stato un lavoro certosino. Ci abitava una coppia anziana ma arzilla, che aveva lì la propria casa editrice specializzata in manuali illustrati, periodici e colorati volumi d'arte. *Il*

Leggivendolo, c'era scritto a lettere zincate su una targhetta. Per loro, ovvio, erano i coniugi Leggivendoli: due simpatici topini da biblioteca sempre immersi in un mare di scartoffie. Diana però non aspettò che uno dei due venisse ad aprire.

«Spicciati» ordinò a Timo. Lo tirò per la manica e salì la quarta rampa. Con un balzo saltò i resti della bottiglia di latte in frantumi; i vetri, sparsi ovunque, erano aguzzi come denti ghignanti.

Al quarto piano, la porta che dava sul pianerottolo era aperta.

Anche quella era un'entrata bella ma insolita. La cornice era stata rivestita da scintillanti ingranaggi d'ottone. Un uomo li aspettava sull'uscio e già ridacchiava. Teneva in mano delle banane, una scatola di latta piena di biscotti al burro, un pacco di caramelle Rossana e una mezza confezione di chicchi di caffè.

L'altra mezza era sparsa sul pavimento. «Se vi sbrigate, forse potete ancora acchiapparla» rise sotto i baffi neri, sottili come lancette. «Oggi dev'essere svagata un po' più del solito, sapete?»

«Signor Rotelle… Oh, cielo, mi scusi!» Diana si morse subito la lingua, passandosi svelta le mani fra i capelli blu. Era così che avevano battezzato l'orologiaio. Lui però scoppiò a ridere.

«Tranquilla, mi piace!» ammise ridendo e poi le passò caffè e caramelle. «Ho sempre sognato di avere un nomignolo come tutti i giovani d'oggi!» Fece un cenno a Timo e a lui, che aveva già le mele, diede pure le banane. «Fate presto o arriverà a casa.»

«È appena passata?» chiese Diana frugando le scale con gli occhi.

«Sì, e le resta ben poco della sua spesa. Oggi deve avere qualche... ehm, *coleottero* per la testa!» Rise di nuovo, il signor Rotelle, sempre con la battuta pronta. Li salutò con un cenno della mano e dopo svanì dentro casa. Timo riuscì solo a darvi una rapida occhiata. Gli ricordò una antica bottega polverosa. Era colma di orologi, pendole e sveglie appesi nel corridoio d'ingresso.

Diana nemmeno vi badò. Salì le scale tallonata da Timo, perché c'era soltanto una persona in tutto il condominio che poteva aver scatenato quel trambusto. L'inquilina del quinto piano.

Madama Pungiglione.

7

IN CUI SI FA LA CONOSCENZA DI MADAMA PUNGIGLIONE E DELLE SUE AMABILI DAME DI COMPAGNIA

Madama Pungiglione aveva già raggiunto la porta di casa, che assomigliava a un tronco d'albero tropicale. Era di legno rossiccio, tutto laccato, lucido come la cuticola di una cimice. Il battente era stato ricoperto da minuscole foglioline incise ad arte.

Con una mano reggeva in equilibrio precario due enormi buste di plastica della spesa. Con l'altra, invece, impugnava la chiave e tentava d'infilarla nella toppa senza ottenere alcun risultato.

«*Umpf! Ompf!*» bofonchiava. E a ogni tentativo, a ogni sospiro, strattonava le buste di plastica. Da un buco in una di esse qualcosa scappò fuori e rotolò via. Timo notò che era un barattolo di sottaceti. Lo fermò appena in tempo con la punta di un piede. Scambiò un'occhiata con Diana e lei si schiarì la voce: «*Ehm*, signora Spencer?» provò a chiamarla. L'altra parve non averla udita. «Signora Spencer, va tutto bene?» tentò ancora, ma il fragore di un tuono e le raffiche di pioggia cancellarono quelle parole.

Madama Pungiglione trafficava imperterrita con la chiave, socchiudendo gli occhietti miopi. Lo scialle di lana fatto a mano, tinta menta, si era attorcigliato tutt'attorno alla testa, là dove una chioma di cortissimi capelli bianchi s'indovinava appena.

Un altro strattone e una scatoletta di tonno rotolò giù dai gradini per perdersi lungo la tromba delle scale. Dopo un po', Timo udì un sonoro *spaaak*: doveva essere giunta al pianterreno. Un'altra botta e una confezione di crema per le mani fuggì per i fatti suoi ruzzolando beata fino al bordo delle scale.

Alla fine, Diana decise di tirare la donna per una manica del cappotto. «Signora Spencer, mi scusi...» L'anziana inquilina del quinto piano lanciò un grido. Colta di sorpresa, si voltò e le borse di plastica la seguirono ruotando a mezz'aria. Si ruppero entrambe proprio nello stesso momento, spargendo farina, pasta e fette biscottate lungo l'intero pianerottolo. «Oh, mia cara! Oh, cielo!»

Diana tentò un mezzo sorriso fissando la spesa rovinata a terra. «Mi dispiace terribilmente di averla spaventata, sta bene? L'ho vista un po' in difficoltà e così...» Fece un cenno a Timo e lui si affrettò ad aiutarla a raccogliere tutto.

«Oh no, ma che assurdità! Io in difficoltà? Mai in vita mia, cara ragazza» esclamò Madama Pungiglione. Si guardò attorno

– la farina finita ovunque, le mele disperse e i biscotti sbriciolati – e le venne da ridere. «Be', forse un pochino, ma come dico sempre, mia cara: sarò pur vecchia, ma so ancora pungere!»

In quel momento non avevano idea di quanto fosse vero.

* * *

«Venite, entrate» esclamò Madama Pungiglione aprendo la porta di casa. «Fate solo attenzione a dove mettete i piedi, eh?»

Timo non era mai stato in quel minuscolo appartamento buio, che sembrava del colore della carta da zucchero invecchiata. Anche se aveva le stesse dimensioni di casa Draghi, pareva minuscolo perché zeppo di librerie, vetrinette e scansie.

Seguì Diana senza fiatare e con le braccia piene di roba. Lei c'era già stata, lì, anche se Timo non le aveva creduto la prima volta che glielo aveva raccontato. Era difficile credere a una storia come quella, senza vedere con i propri occhi.

L'entrata era stretta e cupa. Si respirava un'aria farinosa che sapeva di datteri ed eucalipto. Timo tenne gli occhi puntati contro le pareti del corridoio invase da cornici e vecchi mobili di legno scuro. Erano coperte di carta da parati annerita dalla polvere e tappezzate da decine di articoli di giornale, riviste di entomologia, scaffali zeppi di raccoglitori e libri.

I ritagli di giornale erano tutti sulla signora Spencer:

L'ENTOMOLOGA JUSTINA SPENCER:

«Così faccio parlare gli insetti!»

Timo deglutì, fissando le foto in bianco e nero dietro i vetri impolverati. Una giovane Madama Pungiglione lo fissava da una foresta equatoriale, ricoperta da enormi farfalle:

**«Gli insetti sono tutta la mia vita...
ma la coccinella è un mostro!»**

Timo si chiese il motivo di quell'affermazione e passò svelto a un altro articolo incorniciato. Una volta lì davanti, gli presero i primi sudori freddi.

Breve storia curiosa dell'entomologa scozzese Justina Spencer. Si è fatta pungere 1.000 volte da 83 specie di insetti diversi, per stilare la classifica dei più velenosi al mondo!

«Mille volte?» Timo sentì la bocca farsi asciutta. Glielo aveva spifferato Diana – e lui aveva faticato a crederle – e questo era il motivo per cui avevano iniziato a chiamarla Madama Pungiglione. C'erano intere pagine di giornale sul suo strambo lavoro. Fare di mestiere l'entomologa non doveva essere facile. *Non se ti fai pungere mille volte,* pensò Timo, provando un terribile senso di ribrezzo.

A quel punto, sulle pareti, iniziarono le teche e gli espositori in vetro contenenti migliaia d'insetti, fissati con gli spilloni su robusti cartoncini e catalogati con cura. Timo vide farfalle smisurate, scorpioni neri giganti, tarantole africane, coccinelle e locuste, scarabei e coleotteri. Uno di questi catturò la sua attenzione: era il più grande di tutti, largo come una mano e di un verde brillante. Un lampo ricamò i contorni della cuticola smeraldo e Timo si avvicinò ancora un po'. Gli era parso di vedere... Il coleottero aprì di scatto le ali strappandogli un grido. Timo sbatté le spalle al muro e scivolò a terra. La spesa si sparse di nuovo dappertutto mentre altri coleotteri svolazzavano su di lui.

Erano tre. Ed erano enormi! Si aggrapparono alla sua felpa e uno scivolò nel cappuccio. Timo lanciò un grido e tentò di toglierseli di dosso, mentre Madama Pungiglione e Diana accorrevano.

«Calmo, sono solo le sue dame di compagnia» spiegò Diana.

«Le da... da-dame?» A Timo tutti gli insetti mettevano i brividi.

«Sì, ragazzo mio. Le chiamo così perché mi fanno tanta compagnia, sai? Ti presento Lady Marion, Lady Agatha e Lady Margaret.»

«Levatemele subito di dosso!»

«Non ti faranno nulla, tu sei molto più grosso di loro» commentò tutta allegra Madama Pungiglione. «Non sono stupende?»

«S-sì.»

«E pensa che sono solo tre teneri cuccioli di *Titanus Giganteus*.»

«Me-meravigliose» balbettò Timo, con aria disgustata. «Ora però può levarmele di dosso?» Madama Pungiglione tese le braccia e gli insetti svolazzarono dalla felpa di Timo al suo scialle.

Diana ne tenne uno in mano come avrebbe fatto con un

gattino. «È innocua, Timo. Lady Marion non ti farà niente, è così dolce.»

«Non puntarmela contro!» Timo indietreggiò contro un armadio.

Diana ridacchiò e seguì Madama Pungiglione in salotto. Lui rimase a fissare la casa piena d'insetti e poi il pavimento su cui erano sparsi il pane, il riso e i biscotti. Le mele erano rotolate fino all'ingresso. Timo si affrettò a raccogliere tutto. Voleva solamente andarsene, ma mancava ancora una mela e la cercò ovunque. Quando la trovò, gli si rizzarono i peli del collo...

Era sospesa a mezz'aria nella tromba delle scale.

Volava.

8

IN CUI UNA MELA SVOLAZZA PER LE SCALE E DÀ INIZIO A UN BRUTTISSIMO LITIGIO

Timo si fiondò sul pianerottolo. Si resse al corrimano e si sporse per afferrare la mela che galleggiava nel vuoto... che si scostò di qualche centimetro dalle sue dita. Riuscì solo a sfiorarne la buccia e poi la mela ricominciò a danzare.

«Accidentaccio!» sbottò irritato, mentre lo raggiungeva una risatina irritante. Arrivava da due piani più in alto. Alzò gli occhi e lassù notò Olimpia sporgersi dal corrimano per salutarlo.

«Che guaio, eh?» rise sua sorella, che trovava tutto molto divertente.

«Olimpia, piantala. Ti scopriranno!» sibilò Timo a denti stretti. Lei però fece finta di non averlo sentito. Rigirò un dito nel vuoto e rimestò piano l'aria: la mela iniziò a ballare su se stessa.

«Lo dirò a mamma» la minacciò Timo. «Finiscila, hai sentito?»

«*Lo dirò a mamma*» gli fece il verso lei, alzando gli occhi al cielo.

Timo si voltò a cercare Diana e Madama Pungiglione. Per fortuna erano ancora alle prese con le dame di compagnia, in salotto. Si spinse nel vuoto e tese la mano, ma niente da fare. Se solo avesse avuto un dono – uno di quelli seri! – sua sorella avrebbe smesso di prendersi gioco di lui. *Tipo riuscire a lanciare folgori col pensiero,* rifletté Timo, furioso.

Olimpia scosse la testa. «Mamma ha detto di salire» l'informò. «È pronto il pranzo, capito? Non fare tardi come al solito.»

«Se tu smettessi di fare la scema, sarei già a casa!» le fece notare.

«Come no...» replicò lei sbuffando. Poi si fece terribilmente seria. «Questa mattina ti sei comportato malissimo con Leo!»

Lui si sentì pungere sul vivo. *Ecco che cosa le prende. È per questo!*

«Sei stato repellente. Leo è rimasto chiuso in camera sua per ore!» Olimpia si scostò dagli occhi una ciocca di capelli color carota. «E solo perché hai deciso di fare l'offeso come al solito. Perché devi sempre rovinare tutto, eh?» gli domandò severa.

«Tu non ti devi impicciare, capito?» Odiava quando sua sorella pensava di saperla più lunga di tutti, solo perché era dotata di un dono. «Avrai pure un talento speciale, ma con te è sprecato!»

Olimpia strinse di colpo le labbra e la mela, che fino a quel momento si era limitata a galleggiare, iniziò a ruotare a velocità folle, tanto che prese a *fumare*. In aria si sparse un odore di polpa cotta. Era come quando nonna Lucina ne infornava una teglia nella stufa di ghisa nella sua casa in campagna.

Quando la velocità raggiunse l'apice, la mela scattò come una palla da biliardo centrata da una stecca. Schizzò impazzita contro Timo, che si chinò appena in tempo, un istante prima che il frutto si schiantasse contro il muro in tanti pezzi fumanti.

Fu allora che Diana lo raggiunse sul pianerottolo. Osservò quel disastro e rimase incredula. «Ehi, ma che cavolo è stato?»

Timo aveva ancora il batticuore. Guardò prima lei e poi i resti della mela. Avrebbe voluto dirle tutto. «Niente,» balbettò invece, rosso in faccia «mi è... sfuggita di mano una mela.»

Lei lo fissò corrugando la fronte, mentre dal piano di sopra arrivò un colpetto di tosse. Era Olimpia. «Timo? Sbrigati.»

«Eccomi, arrivo» rispose lui fra i denti. «Scusa, ma i miei rompono.»

Finse un sorriso e fece un'alzata di spalle. Era tutta colpa di Olimpia, della loro assurda famiglia e dei loro infiniti segreti.

9

IN CUI SI SCOPRONO MISTERI LONTANI, E SI LEGGE UNA LINGUA ANTICA COME LE STELLE

Timo strinse i denti per l'intera giornata, o almeno ci provò con tutte le sue forze. A pranzo si era seduto a tavola cercando di nascondere le emozioni, ed era riuscito persino a sorridere. Anche se preferiva non darlo a vedere, le parole di Olimpia l'avevano ferito, ma non voleva rovinare il giorno speciale di Leo. Così aveva pranzato in pace e passato il resto del pomeriggio con lui, dandogli retta su tutto. Aveva persino giocato con Mr. Smoky, l'orsetto di peluche dal quale suo fratello non si separava mai.

Ma aveva solo finto di divertirsi, anche quando Leo gli aveva domandato in un orecchio: «Timo, ma lo vuoi vedere che cosa so fare?». Glielo aveva chiesto con occhi imploranti e Timo non era riuscito a dirgli di no, anche se dentro aveva un mostro che gli azzannava il cuore. Aveva annuito fingendosi felice e contento per lui.

Così suo fratello, tutto concentrato e con un sorriso appagato sulle labbra, aveva chiuso gli occhi e sfiorato il suo peluche. Un bagliore dorato si era acceso attorno a Mr. Smoky e Leo aveva iniziato a raccontare ciò che riusciva a *vedere*.

Timo gli aveva fatto un sacco di complimenti, mentre dentro di sé una voce cupa gli urlava: *Spento, sei solo uno Spento!* E rideva, quella voce, e gli faceva male al cuore. Perché era vera, terribile e sincera. Timo sperava solo che quella giornata finisse in fretta, non ne poteva più.

Fuori, nel frattempo, non la smetteva di diluviare. Raffiche di vento grigio infuriavano contro il palazzo con il loro fiato freddo. Mantova era svanita nel buio come in pieno inverno, inghiottita da una fitta coltre di pioggia. Si udivano solo le auto sotto il condominio e i tuoni.

La città aveva lo stesso umore bigio e opaco di Timo. Avevano avuto inizio così i preparativi per la festa di famiglia.

***

La festa di famiglia si ripeteva identica da generazioni. Suo padre Anchise accese per primo una candela di cera rossa. Poi, proteggendo la fiamma con la mano, la sistemò sul mobile che si trovava proprio all'ingresso di casa, nel corridoio. Sua sorella Olimpia, invece, prese un sottile calice di vetro azzurro. Lo riempì d'acqua e lo portò dall'altra parte del salotto per posarlo sopra la mensola di una finestra che si affacciava sul temporale. Il cielo sembrò rispondere intonando cori di rombi sordi fra le nuvole. A Livia spettò un sacchetto di seta verde contenente dei ciottoli. Lo mise in un angolo di casa, in un vaso, proprio sotto le foglie lucide di un ficus rigoglioso. La pianta al suo arrivo parve quasi chinare i lunghi steli riconoscendo il potere di sua madre. A Leo toccò infine una leggera piuma bianca che era stata legata a un sottile nastro giallo; lui l'annodò davanti a uno specchio.

Da ciascuno di quei gesti, Timo si sentì escluso. Solo gli *Splendenti* potevano eseguirli: chi aveva risvegliato un dono o un talento. L'esatto contrario, cioè, degli Spenti. Per questi ultimi non c'era mai posto, in un'antica famiglia magica.

Timo si sentì in difetto, e ancora una volta sbagliato. La cena fu tranquilla, anche se lui mangiò poco e in modo svogliato. Lo stomaco gli si era chiuso come se avesse ricevuto pugni per tutto il giorno. Sua madre aveva cucinato i piatti preferiti di Leo, e Timo si era sforzato di inghiottirli, ma senza appetito.

Finito il dolce – una sontuosa torta imbottita di panna – Livia fece un cenno a Olimpia. Sua sorella scostò la sedia e alzò l'indice, puntandolo verso la libreria. Dallo scaffale più alto si sfilò un logoro volume rilegato in pelle. Era vecchissimo e sciupato come certe foglie strappate dal vento quel giorno. Svolazzò per aria e Timo sentì la bocca farsi asciutta tutto d'un tratto.

Il mondo era pieno di pericolosi libri di magia custoditi in biblioteche o archivi dimenticati – l'*Heptameron*, il

Grande Grimorio, il *Libro del Comando* – ma nessuno era come quello. Fin da bambino, Timo aveva sempre provato un certo timore verso quel tomo, che non conteneva certo fiabe, racconti o fumetti. Al suo interno c'era la storia della loro antica famiglia. Quel libro aveva una sua *voce* e un nome segreto in una lingua che oramai non si usava più, e che in casa sapeva leggere e pronunciare solo suo padre. Se lo si fissava, pareva quasi che sulla copertina del volume fossero incisi simboli luccicanti in movimento: onde, spirali o crateri di luce.

Il libro sorvolò pigro il salotto e si fermò fra le mani di Livia. Il tomo non raccoglieva soltanto vecchie storie o fatti di famiglia, ma si spingeva molto più in là nel passato. Lungo i secoli teneva traccia di tutti i loro antenati in un intricato albero genealogico. Menzionava le date di nascita e di morte, le imprese, le avventure e i pericoli, le scoperte e gli eventi di rilievo; ma soprattutto segnava il giorno in cui si accendeva un dono in famiglia e si diveniva Splendenti.

Timo guardò il libro sentendo fluire la rabbia sulle gote, ma nessuno ci fece caso. Per lui era la prova del suo fallimento, del suo non sentirsi mai all'altezza. Se non fosse finito dentro quel libro, che senso avrebbe avuto la sua vita? Che cosa ne avrebbe fatto?

Livia sfogliò le pagine, che crepitavano rigide come ciocchi di legna in un focolare. «Lo vedi, Leo?» chiese a suo fratello. Tutte le attenzioni erano per lui, in fin dei conti era il suo giorno. «È qui che teniamo memoria di chi siamo e di chi vogliamo essere, e delle nostre scelte. Spetta a noi capirlo per primi.»

Sua madre passò il libro a Leo. Sembrava così pesante... pieno di responsabilità e di obblighi. Leo lo sfogliò con un po' di esitazione e Timo allora sentì divampare l'invidia. Non solo verso suo fratello, ma anche nei confronti di tutte quelle persone che facevano parte della sua famiglia e che per secoli avevano provato di valere qualcosa. Lui si sentiva invisibile, una nullità.

Quando Leo smise di curiosare nel libro, si soffermò sulla prima pagina. La più antica. Era così fragile che non sembrava fatta di carta e forse neppure di pergamena. Ricordava un intreccio di foglie secche, consumate e ingiallite dalle troppe dita che nel corso dei secoli avevano sfiorato quel foglio. Oscuri caratteri purpurei campeggiavano in cima alla pagina.

Erano in una lingua primitiva:

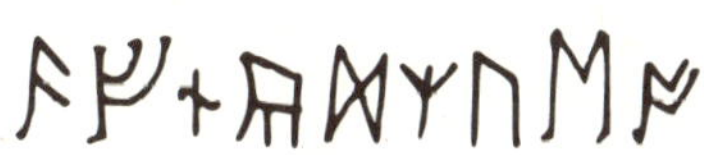

Le lettere vibravano sul foglio. Erano vive e piene di potere. Timo le aveva viste una sola volta, molti anni prima. Non si sfogliava mai il libro tanto per fare. Sapeva cosa c'era scritto ma aspettò che fosse suo padre, con il suo dono, a leggerle.

«Re Corvo,» recitò Anchise, in quell'aria sospesa dentro il temporale «lo Splendente che per primo portò nel mondo la magia.»

Quindi continuò:

Giunse per primo dalla brughiera
come una fragile ombra incerta al calar della sera.
Di notte filata era il suo mantello e di piume la corona;
nel canto delle stelle il suo grido risuona.

Sei compagni condusse con sé:
si fecero chiamare Oracoli, Veggenti e Figli dei Primi Re.
Vagarono in tutti gli angoli del mondo sconosciuto
e lasciarono un segno del loro passaggio.

La Vera Magia,
l'alto emblema di quell'antico lignaggio.

10

IN CUI LA RABBIA S'INFIAMMA NEL CUORE, E CIÒ CHE SEMBRAVA IMPOSSIBILE DIVIENE REALTÀ

Era un arcaico poema in versi. Timo ricordava che una volta, tanti anni prima, nonna Lucina gli aveva raccontato quella leggenda. L'aveva chiamata la *Ballata del Re Corvo.* Da piccolo l'aveva trovata magica e bellissima. La storia dei Primi Splendenti, che avevano sparso la magia nel mondo come una pioggia dorata, creando le antiche famiglie magiche. Ma adesso gli sembrava solo spazzatura. Come le *Guerre dei Corvi,* le feroci battaglie che avevano messo in ginocchio il mondo intero. Ci furono degli scontri fra gli eredi del Re Corvo, tutti desiderosi solo di una cosa: sedere sul suo trono vacante. Legioni di uccelli dagli occhi bianchi, come tanti soldati, si fecero la guerra per secoli interi. E il cielo si riempì di piume strappate. E fuochi. E ceneri. I regni dei Primi Splendenti caddero, finché i corvi non furono imprigionati grazie a un immane prodigio. Timo ricordava bene quella parte della storia, era una delle sue preferite. Sua nonna da bambino gliela raccontava spesso, raccomandandogli di fare attenzione al Re Corvo. Perché un giorno sarebbe venuto a cercarlo.

Tutte storielle per poppanti, piene zeppe di stupidaggini, si convinse. Non avrebbe mai ammesso, nemmeno con se stesso, che a parlare erano il rancore e la rabbia che provava.

Fece una smorfia e Olimpia se ne accorse subito. «Ecco,» sbottò «ci risiamo» si lagnò ad alta voce strappando tutti dalla lettura. «Sei sempre il solito, vero? Non ti sta mai bene niente!»

Colto sul fatto, Timo arrossì fino all'attaccatura dei capelli. «Fatti gli affaracci tuoi, Olimpia! Ma che vuoi da me?»

«Brutto maleducato!»

«Ma chi ti ha detto niente!»

«Cosa?! È tutto il giorno che fai lo strafottente!»

«E tu stai sempre a farti i cavoli miei!»

«*Ragazzi!*» provò a calmarli Livia, ma non ci fu niente da fare. Si guardavano in cagnesco da un lato all'altro del tavolo, lanciandosi occhiate feroci fra bottiglie di bibite gassate e fette di torta.

Olimpia si scostò infastidita dagli occhi una ciocca ribelle. «Fai sempre il superiore e pensi che siano tutte cretinate... ma sei solo invidioso, proprio come tutti gli Spenti!»

Sua sorella strinse le labbra. Ecco, l'aveva detto. L'aveva fatto davvero! Nella cucina calò un silenzio imbarazzato. *Spento.* Quella parola bruciò fra i pensieri di Timo come un sonoro schiaffone tirato a piena forza sulla guancia.

«Olimpia!» gridò sua madre, battendo una mano sulla

tavola. Le posate vibrarono nei piatti e Leo trasalì. Timo per un attimo non seppe cosa dire. Tacque, umiliato, e avvertì un calore fulmineo salirgli fino alle guance. Era come se gli avesse gridato in faccia il più sporco dei suoi segreti. *Spento!* Leo teneva ancora il libro fra le mani e li fissava con occhi sgranati e lucidi.

«Che cos'hai detto?» chiese Timo, lento. Era livido in volto.

«Olimpia, chiedigli scusa.» Livia la stava squadrando con aria severa. «Mi hai sentita? Chiedi subito scusa a tuo fratello!»

Timo non gliene diede il tempo. Era così furioso che prese il piatto con i resti della torta e lo lanciò dall'altra parte del tavolo. Il piatto però si bloccò a mezz'aria e a Olimpia bastò un dito per rispedirlo al mittente. La torta tornò indietro. Timo si spostò all'ultimo istante, ma il danno era già stato fatto.

«Io ti odio!» urlò con le lacrime che pungevano gli occhi. Guardò ferito i suoi genitori e poi Leo. «Io vi odio tutti!» Gli sarebbe bastata solo un po' di comprensione. Perché non lo capivano? Perché nessuno aveva il coraggio di chiedergli come si sentisse?

Livia si alzò per calmarlo, ma lui scostò la mano di sua madre. «No! Non mi toccare!» s'infuriò. Prima che le lacrime gli rigassero le guance e lo umiliassero ancora di più, scappò.

Attraversò il corridoio, aprì la porta di casa e poi uscì sbattendola. Salì l'ultima rampa di scale a rotta di collo, con il respiro pieno di una sofferenza senza nome. Tirò giù la botola della soffitta e la scala a molla cigolò in modo spaventoso: sembrava proprio una risata fatta alle sue spalle. La salì due scalini per volta, per nascondersi a tutti nel sottotetto, il suo rifugio.

Una volta lassù bloccò la botola tirando il chiavistello. Dopo si accasciò contro il pavimento e pianse da solo, senza più freni. Picchiò il pugno contro il tappeto coperto di polvere. Nel naso l'odore dei mobili rovinati, delle ragnatele e del vento che s'intrufolava fra i vetri all'ottavo piano del palazzo.

Pianse fino a quando attorno a lui si spense tutto.

Persino le lacrime.

***

Fu il crepitio di un tuono a svegliarlo, e il bagliore del lampo gli ricordò dove fosse: in soffitta, fra vecchie cose che nessuno voleva più. La sua sola compagnia. Fuori era sceso un buio compatto e faceva freddo. Timo si strinse nella felpa e tirò su col naso. Scivolò fino alla finestra e premette il viso sul vetro.

La città era sprofondata nella notte. *Da quanto sono qui?* Pioveva e il parco di Palazzo Te era illuminato da un gioco di luci dorate. La strada era deserta e le mura dell'antico edificio erano le uniche cose rimaste al mondo.

Timo si chiese se non fosse il caso di tornare giù, dalla sua famiglia. Non gli andava di farlo. Fissò la botola con gli occhi che bruciavano. Scendere significava affrontare le sue paure e i suoi genitori. Ci voleva una buona dose di coraggio. Un coraggio che Timo sentiva di non avere più.

Non era la paura di essere uno Spento a frenarlo, ora lo capiva. La paura vera, quella profonda, era il loro giudizio. Ci si vede diversi e sbagliati solo attraverso gli sguardi degli altri. Avrebbe deluso i suoi genitori se fosse stato uno Spento? Rimase a rabbrividire con quella consapevolezza. Poco dopo si decise a scendere: li avrebbe affrontati, non poteva certo restare in soffitta per sempre. Si alzò a fatica, raggiunse la botola e la sbloccò, scese le scale. Una volta sul pianerottolo, Timo si accorse che la porta di casa era socchiusa. S'immobilizzò col cuore in gola.

«Vado a vedere come sta.»

Era la voce di suo padre.

«Aspetta solo un momento, Anchise.»

Timo fissò la porta, ma non uscì nessuno. Allora si avvicinò e si mise a origliare accostando il viso.

«Siediti un attimo e parliamo.» Sua madre era molto seria e fece cenno a suo padre di mettersi seduto. «Credo sia venuto il momento, no?»

Lui sospirò prima di accontentarla. «Abbiamo forse un problema?»

«Timoteo» rispose Livia. Timo afferrò la maniglia della porta e la strinse fino a farsi sbiancare le nocche. Da quando per loro era un problema? «Anchise,» continuò sua madre «vedi anche tu come vanno le cose. La situazione si sta facendo ingestibile. Dobbiamo fare qualcosa.»

«Olimpia l'ha provocato» le ricordò suo padre. «È stata crudele.»

«E io l'ho già punita per questo. Credimi, le passerà la voglia.»

«Ma è per Timo che hai paura, giusto?» Anchise abbassò la voce.

«Non credo che lui capisca la natura del problema.» Livia si torse le mani. «È così arrabbiato, ultimamente. Così frustrato. Mi preoccupa. Non credo che tutto questo gli sarà d'aiuto se sarà costretto ad accettare la sua natura di...» Anchise le posò una mano sul braccio, quasi a impedirle di pronunciare *quella* parola.

«Forse c'è ancora tempo, no?» chiese suo padre.

«E se non fosse così?» domandò invece Livia, seria.

«Aspettiamo solo un anno, e poi se...»

«E se questo fosse il suo destino?»

«Livia, tesoro, ascolta...»

«Se non avesse alcun talento?»

Anchise tacque.

«Credo sia venuto il momento di fare a Timo questo discorso. Dobbiamo prepararlo.» Sua madre poi sospirò. «Non tutti sono degli Splendenti, e non tutti devono esserlo per forza.»

Timo avvertì un senso di vuoto dentro lo stomaco. Lo fece sprofondare nel pavimento.

«Mia madre non lo è» disse Anchise.

Livia scosse la testa. «Ma tua madre non è nata in una famiglia magica, è diverso. Dora è sempre stata una donna intelligente che ha accettato la magia come un dato di fatto, lo sai.»

«Già...»

«Ma Timo è nato in *questa* famiglia. Lui sa cosa vuol dire. Forse abbiamo sbagliato noi, per tutto questo tempo, non credi? Siamo stati così...» sua madre cercò le parole giuste «poco attenti con lui. Ci siamo trovati dalla parte del torto e ora lo vedo.»

«Può essere che tu abbia ragione, Livia. Ma potrebbe cambiare.»

«No, questo non può cambiare.» Nella voce di sua madre, Timo avvertì un sentimento che non seppe riconoscere. Che cos'era? Dolore? Rimpianto? Timo lo capì, con spavento, solo qualche istante dopo: era rammarico, come se lui fosse una causa persa. Quell'idea gli ruppe il cuore. Era così che lo vedeva? Fece un passo indietro, allontanandosi dalla porta. Un lampo infiammò il pianerottolo. Il tuono portò via il resto del discorso, mentre uno scroscio di pioggia ghiacciata sferzava il condominio.

Lui però non voleva più sentire niente. Aveva il cuore che batteva più forte, sempre di più. Avrebbe voluto soltanto mettersi a gridare. Ma avvertì qualcosa. Dentro. Una sorta di calore...

Se solo avesse potuto far tacere i suoi genitori. Se solo avesse potuto zittirli e sbraitare che lui era esattamente come avrebbe dovuto essere. Sentì di nuovo le lacrime salire agli occhi.

Se solo fosse riuscito a...

Riuscito a...

A...

E lo avvertì. Lo sentì nascere dentro di sé. Abbassò lo sguardo e gli parve che le dita della mano sinistra pizzicassero. Le fissò un attimo, sconvolto, poi presero a bruciare. Fu simile al boato d'un tuono. Lo sentì scoppiare in testa e correre sotto la pelle.

Alzò la mano in aria e seppe subito cosa fare.

Avvicinò i polpastrelli.

E li fece schioccare.

SNAP!

Non è una scintilla. Non è nemmeno una melodia, o una vertigine. Non ricorda neppure un formicolio. È qualcosa di molto più intenso. È come un sonoro "schiocco di dita" dentro la più immensa delle sale vuote. Dopo non mi sento più lo stesso, e vengo circondato da un profondo silenzio.

È come quando il mare ti sommerge. Un oceano di fuochi d'oro. Un abisso di stelle. L'eco del mio schiocco di dita riverbera nello spazio infinito.

Si fa più intenso e potente. Non ho mai provato una sensazione del genere, ma d'improvviso ho l'impressione che il mondo non sia più lo stesso.

Tutto attorno a me si sta frantumando. Persino la luce e il buio vanno in pezzi. Sento questa forza, è la più antica e luminosa di tutte. È un potere che può distruggere o trasformare. È un dono che può creare o annientare.

È il mio talento, eccolo!

Di colpo spazza via le voci dei miei genitori, i contorni della casa e il palazzo; tutto quello che credevo di conoscere e di sapere. Cancella l'intero mondo mentre si nutre di ciò che nascondo dentro il cuore e nei miei pensieri.

Sento solo un enorme fragore.

È qui, dentro di me, e mi chiama.

«**TIMOTEO!**»

PARTE SECONDA

POCHI ISTANTI DOPO LO SNAP!

11

IN CUI TUTTO CAMBIA CON UNO SCHIOCCO DI DITA, E IL CONDOMINIO NON È PIÙ LO STESSO

Timo aveva ancora la mano alzata. Il cuore gli picchiava deciso nel petto. Lo schiocco di dita gli tuonava in testa. Si sentiva strano, confuso. A corto di fiato come se non avesse fatto altro che correre per tutta la vita. Ma era ancora sul pianerottolo davanti alla porta socchiusa che dava sul corridoio di casa. C'era però qualcosa di diverso. Lo percepì come una brezza gelida sulla pelle. Attorno a lui, tutto era sprofondato nella notte. *Fa troppo buio,* gli suggerì un pensiero, come se tutte le lampadine del condominio fossero saltate. *Un buio che non ho mai visto.* Con la bocca secca e la testa che gli doleva per la fatica di mettere in ordine i pensieri, alzò gli occhi.

E restò senza fiato... Non vide nessuna rampa di scale. Nessuna botola che dava sull'ottavo piano del suo palazzo.

C'erano solo *nuvole*. Provò un istante di terrore. Erano nuvole nerissime come il vivo cuore di un incubo, solcate da lampi dorati. *Sto impazzendo... è impossibile. Non può essere!* Non c'erano né soffitto né tetto, ma solo un fitto cielo scuro che ruotava perpetuo sopra di lui. Timo si fissò le dita della mano sinistra. Tremavano. Le osservò con orrore, perché non poteva essere stato lui la causa di tutto. *Non è vero, no! Non sono stato io...*

Chiuse gli occhi e si stropicciò il viso. Provò a calmarsi e dopo guardò sotto di sé: il pianerottolo era ancora lì e c'era anche il corrimano. Perfino le scale. Ma erano... *diverse*. «Oddio» si lasciò sfuggire Timo. Cadevano a precipizio, senza fine, in un vuoto che pareva ribollire di lampi e saette sospese in un oceano di nuvole compatte.

Calmo. Stai calmo. Ragiona, eh? Non puoi essere stato tu, si rassicurò. *È impossibile!*

Davanti a lui, la porta di casa era socchiusa, proprio come l'aveva lasciata suo padre poco prima di uscire a cercarlo. Dall'interno, però, arrivava una luce strana. Un bagliore dorato filtrava in mezzo a tutto quel buio sconfinato nel quale era finito. Timo si fece coraggio. Allungò le dita della mano e le posò sulla maniglia. «Mamma?» chiamò, ma senza avere l'audacia di spingere la porta. «Papà?»

Non rispose nessuno. Arrivò solo un rumore insolito da dietro la porta: un suono di sabbia e di onde. *Onde? In casa mia?* Eppure, in fondo al cuore, Timo sentiva di aver combinato qualcosa di orribile, ne era certo. SNAP! Il suono di quello schiocco di dita rimbombava nella sua testa. Gli tornò in mente una delle regole di sua madre. Una di quelle che aveva ripetuto mille volte ai suoi figli, forse la più importante di tutte: *Mai, mai usare il proprio dono quando si è in preda alla rabbia.*

Timo ricordava troppo bene quelle parole. Gliele aveva dette un giorno, a casa di nonna Lucina, in campagna. Olimpia le aveva chiesto perché, sempre curiosa dei loro segreti magici, e la mamma si era fatta scura in viso. «Non si deve mai, mai usare il proprio dono quando si è in preda alla rabbia, specialmente se non si è ancora in grado di controllarlo» aveva spiegato, sgranando dei fagioli. «Il rischio è di far del male a qualcuno, anche se non se ne ha l'intenzione.»

Perché quelle parole mi tornano in mente proprio adesso? Timo scosse la testa. *Io sono uno Spento!* Una ciocca di capelli neri gli scivolò sugli occhi, quasi a nascondere la verità. A tacere ciò che in fondo già sapeva: la paura di aver scatenato un potere devastante.

Timo, in bilico sul pianerottolo davanti a casa, come su una zattera in mezzo a un oceano in piena tempesta, si fece forza.

Spinse la porta.

Ed entrò.

12

IN CUI TIMO SI RENDE CONTO DEL PROPRIO TALENTO, BEN PIÙ SPAVENTOSO DI QUANTO AVESSE IMMAGINATO...

Casa sua non esisteva più, non come la ricordava fino a qualche ora prima. Timo restò immobile a fissare la sabbia che precipitava dal cielo. Sì, perché al posto del soffitto ora si trovava un cielo dalle nubi di vetro. Da lassù franavano cascate di sabbia rossa sopra una spiaggia bagnata da un mare nero. Il fragore delle onde che s'infrangevano sulla battigia gli levò un brivido.

L'aria odorava di conchiglie e sale, di vento marino e alghe. «Non è possibile...» Immobile sulla soglia, Timo fissò quel paesaggio con orrore. Lo schiocco delle sue dita aveva spazzato via ogni cosa. Lo aveva capito nell'istante in cui aveva fatto SNAP! e aveva sentito il mondo mutare attorno a sé.

Ma è assurdo! Noi non abbiamo poteri del genere, si disse. Da secoli non si vedeva niente di simile fra le famiglie magiche a lui più note. Nemmeno fra quelle considerate più blasonate. Figurarsi nella sua, dove i doni erano così semplici e banali.

Era pazzesco. Timo rimase con la maniglia della porta stretta nella mano. Aveva troppa paura per lasciarla andare. Era la sola cosa reale che fosse rimasta in tutto l'appartamento. *No, aspetta un attimo*, gli suggerì un pensiero. *Resta anche qualche finestra.*

Ce n'erano due che appartenevano al vecchio soggiorno; galleggiavano a mezz'aria sopra la spiaggia, sospese nel vuoto. Tutt'attorno le pareti si erano dileguate come non fossero mai esistite. Timo si chiese come fosse possibile una cosa del genere. Si avvicinò continuando a fissarle. La sabbia sotto di lui era soffice e umida, vera. Si accostò a una finestra e guardò fuori.

C'era Mantova sotto il temporale, mentre lui si trovava in quel luogo dove le nuvole scricchiolavano come vetro in frantumi. Era come trovarsi sotto una clessidra che si spostava nel cielo: dove le nuvole si sfregavano fra loro precipitava una luccicante sabbia rossa che si depositava sulla spiaggia. La distesa sabbiosa si perdeva fino all'orizzonte. Al centro di essa, quasi del tutto sommerse dalle dune, Timo vide due smisurate statue di marmo bianco. Solo le teste sbucavano dalla rena. In parte erano coperte da alghe e conchiglie, come se fossero là da tantissimo tempo. Le onde del mare si frangevano sulle statue e la risacca portava via con sé pezzi di marmo. Li trascinava in mare e poi li inghiottiva, facendoli sparire.

Timo fece un passo, poi un altro. Il terrore s'intrufolò svelto nei suoi pensieri. Prese a correre sulla spiaggia con l'unico desiderio di ritrovare i suoi genitori. «Mamma! Papà!»

Inciampò in un frammento di marmo nascosto nella rena e finì lungo disteso. Le onde del mare ruggirono violente. Si tirò su in piedi, sporco di sabbia e alghe.

«Mamma?» chiamò di nuovo. *Dove siete finiti?* Si guardò attorno, spaesato, improvvisamente consapevole che le cose, quando succedono, non accadono mai come le sogniamo o le desideriamo. «Il mondo non va mai come vorremmo tu e io» gli aveva detto una volta nonna Lucina, ridendo sottovoce. «Il mondo va come deve andare, Timo.»

Allora non aveva capito il significato di quelle parole, ma ora sì.

Timo aveva sempre supplicato di avere un dono. Ora che l'aveva, però, gli si era rivoltato contro.

Trascinò i piedi lungo la spiaggia e aggirò una delle grandi statue di marmo. La testa era appena visibile. Da dove si trovava, non riusciva a vederla bene. Quando le fu davanti, però, Timo s'immobilizzò con un grido nel cuore. Scosse il capo e si lanciò contro la scultura a strappar via le alghe. Conosceva il volto sulla statua, lo vedeva tutti i giorni.

«Mamma!» urlò disperato. Il viso di marmo di sua madre aveva un'espressione indecifrabile. «Mamma, sono io. Timo!» Un'onda colpì la statua e il mare portò via un frammento della veste.

Seppe così di aver fatto qualcosa di veramente orribile. Aveva scatenato il suo talento contro la sua famiglia. «Ma io non volevo farlo!» gridò alla statua. «Non l'ho fatto apposta! Io...» Mentiva. Sapeva di aver schioccato le dita desiderando che tutta la sua famiglia scomparisse. Appena lo comprese, tacque e indietreggiò fino ai margini della spiaggia, scuotendo la testa sempre più forte. Era sicuro che sarebbe impazzito dal dolore.

I suoi genitori, casa sua, tutto stava svanendo divorato da quelle onde nere, nel mare delle cose dimenticate e sepolte. Un mare morto. Cercò di tornare verso l'ingresso, vicino alle finestre, ma qualcosa alle sue spalle si mosse accanto a una duna.

Non capì cosa fosse, ebbe solo il tempo di vedere un uccello dalle piume rosse spiccare il volo e piombargli addosso. Timo cadde a terra e l'uccello iniziò a beccarlo in testa con furia.

«Smettila! Ehi, basta! Che vuoi?»

Era una cornacchia dalle piume rosse. Aveva fondi occhi scarlatti e lunghe zampe. Si era aggrappata al cappuccio della felpa e non voleva saperne di lasciarlo andare. Con il becco ritorto, tirava la stoffa come per strapparla. «Lo decido io quand'è l'ora di finirla!» gracchiò.

Aveva parlato! La cornacchia aveva parlato. Sbalordito, Timo smise di agitarsi. Restò accasciato sulla sabbia a fissarla a bocca aperta.

«È tutta colpa tua, Timo! Solo tua!»

E allora capì chi aveva di fronte.

«Olimpia, sei proprio tu?»

13

IN CUI OLIMPIA HA PIUME, BECCO E ZAMPE, E TUTTO IL CONDOMINIO È SOTTO L'EFFETTO DELLO SNAP!

«Tu. Sei stato tu!» gracchiò Olimpia, ricominciando a beccarlo. Gli affondò il becco fra i capelli e poi gli tirò forte il ciuffo.

«Ora basta, finiscila!» Timo la scansò con una mano e lei riprese il volo. Rimase sospesa a mezz'aria prima di avventarsi ancora su di lui, aggrappandosi alla felpa. Era parecchio adirata.

«È tutta colpa tua, vero?» Olimpia starnazzò tutto il suo sdegno e Timo fu costretto ad acchiapparla al volo. «Lasciami subito!»

«No, solo se ti calmi!» ordinò lui, serissimo. «La devi smettere.»

«Solo se posso beccarti.»

«Non puoi.»

«Solo un altro po'...»

«Olimpia, no! Io...» D'un tratto comprese che aveva bisogno di parlare con qualcuno, anche con lei, con sua sorella, l'ultima persona al mondo che lo avrebbe compreso.

Olimpia agitò le ali strepitando e Timo sospirò. «Io... ti prego. Ho bisogno di capire... Non so cos'è successo, te lo giuro. Ho solo sentito qualcosa dentro di me e non ho saputo frenarmi. Non lo credevo proprio possibile. Credevo di essere uno...»

Non lo disse. Sua sorella starnazzò ancora per qualche istante. Udendo quelle parole, però, iniziò a calmarsi. Quando smise di sbattere le ali, lo squadrò con quegli occhietti rossi da sopra il becco. Se la guardava così, riusciva ancora a vedere sua sorella sotto tutte quelle piume. Qualcosa di lei era rimasto anche in quella forma. «Credevi di essere uno Spento, certo» concluse Olimpia. «Ed è stata anche colpa mia, se tu l'hai creduto. Sei sempre il solito testone!» sbottò Olimpia, ma senza più aggredirlo.

Timo sentì di poterla lasciar andare. Sua sorella non lo beccò più, e svolazzò su un tronco di corallo che le onde avevano spinto a riva.

«Ma come ci sono riuscito?» le chiese Timo. Ancora incredulo, si osservò le mani a occhi sgranati.

Lei arruffò le piume come se avesse detto un'enorme idiozia. «Scatenando il tuo dono,» rispose un po' piccata «è semplice. Era soltanto sopito. Nascosto dentro di te. Bloccato, forse.»

«Ma non esistono talenti del genere, no?» le fece notare Timo. Olimpia rise divertita, o almeno così sembrò. Fu un roco gracchiare più lungo del solito. Un *cra-cra-cra* che di colpo lo zittì.

«Esistono, invece. Ma sono molto rari» precisò lei. «Ce l'ha spiegato la mamma, non te lo ricordi?» Timo scosse la testa e Olimpia alzò il capo coperto di piume al cielo. «La magia sta sparendo da questo mondo, ma non è svanita del tutto. Ogni tanto, dal passato, riemerge un dono antico e tu, anche se mi spiace doverlo dire, sei uno di quei pochi che hanno un talento unico.»

«Quale?» Timo non ne sapeva così tanto, non come Olimpia. Era lei quella che aveva sempre fatto ricerche sulla magia, attratta da storie e leggende come un'ape dal polline.

«Non posso esserne certa. Direi che è raro, e forse... sì, forse è legato alla trasmutazione delle cose,» rimuginò «ma non so.»

«Trasmutazione?»

«Può essere, ma sono secoli che non compare un dono del genere... Non ti so dire nemmeno se ha un nome tutto suo.»

Timo era sbalordito. «Wow, davvero?» E nella sua voce s'intrufolò anche una punta di orgoglio che proprio non riuscì a dissimulare.

Olimpia allora starnazzò un altro *cra-cra-cra*. «Proprio a te doveva capitare» commentò contrariata. «Al più inadeguato fra tutti!»

«Sei sempre perfida con me» replicò Timo, di colpo seccato.

«No» disse Olimpia, arruffando le piume. «Sono sempre stata sincera con te. Sei tu che non hai mai voluto darmi retta. Non hai mai preso sul serio i doni della nostra famiglia. E, peggio ancora, non ne vedi nemmeno il pericolo.»

«Oh, finiscila!»

«Ecco, vedi?» ribatté Olimpia, sbattendo le ali e facendo un mezzo volo. «Anche adesso, in questo preciso istante, in mezzo a questo disastro, non capisci che stiamo correndo un pericolo enorme.»

«Enorme?»

«Già. Tu vedi solo il lato piacevole dell'avere un dono. Tu pensi che sia un gioco, una passeggiata, anche adesso. Hai letto un sacco di fumetti sui supereroi ma ci hai capito ben poco. Non hai mai afferrato la cosa più difficile e complicata di tutte quante.»

Timo rimase a fissarla. «E sarebbe?»

«Che un potere richiede anche parecchia responsabilità» rispose Olimpia, serissima. «Questo non è uno scherzo, Timo. Era ciò che cercavo di farti capire oggi. È qualcosa che può ferire e che può anche uccidere. Lo capisci, ora?»

Stava per dirle di sì, quando fra le grandi statue dei suoi genitori s'intrufolò il vento e le sculture iniziarono a cantare. Fu un suono bizzarro e malinconico allo stesso tempo, come il lamento delle ultime balene che solcano gli oceani del mondo. Erano forse i suoi genitori che si addoloravano per lui? Li aveva delusi, o peggio? Timo percepì un brivido ghiacciato lungo la schiena. Quel canto non fu però il solo suono che il mare portò con sé. C'era un altro rumore: un grido? Timo aguzzò la vista.

«Olimpia, lo senti anche tu?»

«Sì.»

«C'è un altro suono nell'aria...»

«È una voce.»

Olimpia balzò in aria e tese lo sguardo sul mare.

«Da dove viene?» Timo scrutò al largo, là dove c'erano i resti di quello che sembrava un antico tempio crollato negli abissi. Riuscì a scorgere sale in frantumi che i fondali marini stavano inabissando, colonne spezzate e mura coperte dalle alghe.

Sua sorella planò verso il mare e Timo la seguì. C'era qualcosa vicino a una colonna mezza sommersa. Lottava per non essere trascinato via dalla corrente e sepolto da onde fragorose.

«Ma è Mr. Smoky!» gridò d'un tratto Timo. «L'orsetto di Leo.»

«No...» disse Olimpia, gracchiando sconvolta. «Quello è Leo!»

14

IN CUI SI AFFRONTA IL MARE MORTO, E SI SCOPRE COSA SI NASCONDE SOTTO LE SUE ONDE...

Ci volle un istante perché Timo afferrasse quelle parole. Suo fratello? Leo? Lui vedeva solo un orsetto di peluche che si agitava in mezzo al mare. Poi, però, sentì la sua voce e non ebbe più dubbi. Era lui. Lo aveva trasformato, così come aveva fatto con Olimpia e con tutto il condominio.

Timo portò le mani alla bocca e urlò a squarciagola: «Leo, siamo qui!».

La furia del vento ricacciò indietro ogni parola. «Olimpia, che cosa facciamo?»

Lei planò sulla spalla di Timo. Si resse alla felpa, chiuse gli occhi, e tese una zampa verso il mare. Lui scosse la testa senza capire. «Che cavolo stai facendo?»

Lei gracchiò infastidita e gli beccò un orecchio. «Se tu la smettessi di blaterare e mi lasciassi adoperare il mio potere...»

Timo s'illuminò. «Giusto, la levimanzia! Credi di riuscire a trascinare Leo fin qui?»

Era un'enorme distanza e Olimpia non ci aveva mai provato prima. «Posso tentare» disse, e tese di nuovo la zampa. Timo vide l'orsetto di peluche, incagliato alla colonna, muoversi. Olimpia fece una smorfia. Era così concentrata che piantò le unghie nella spalla di Timo. Lui però resistette al dolore.

«Ci sono quasi» gracchiò Olimpia. Le alghe parvero cedere. «Sento... sento che sta...» Di colpo ci fu un frastuono terribile che li fece sobbalzare. Timo vide un pezzo della statua di suo padre crollare in mezzo al mare e sollevare un'onda enorme.

«Leo!» gridò. L'orsetto di peluche agitò una zampa in aria, poi l'acqua lo sommerse e lo trascinò sotto. Sollevò spruzzi di schiuma color inchiostro e onde nere sul bianco dei marmi.

Timo decise che doveva fare qualcosa, e in fretta. Corse verso le onde e si buttò in acqua, tuffandosi in mezzo al mare scuro.

«Timo!» Olimpia prese il volo destreggiandosi fra le correnti. Lui invece s'immerse senza pensare alle conseguenze: ne andava della vita di suo fratello; pensò a questo e a nient'altro. Subito dopo, l'acqua lo avvolse. Era gelida come le cose che si era lasciato alle spalle: i bei ricordi della sua famiglia e i giorni felici. Iniziò a spingersi in quel mare denso. Sul fondo, notò subito, c'era qualcosa. L'acqua era nera ma lasciava scorgere delle ombre e dei profili, sagome che si agitavano contro il fondale con movimenti ipnotici. Poco dopo

Timo fu costretto a tornare in superficie per riprendere fiato.

«Lo vedi?» schiamazzò Olimpia, mentre sorvolava il tempio.

«No... è andato sotto!» rispose Timo tossendo. Prese un respiro e tornò giù. Doveva scendere in mezzo a onde color catrame. I polmoni gli bruciavano per lo sforzo, ma non voleva arrendersi. Si spinse a forza di bracciate verso il fondale grigio e infido. Mentre si avvicinava, si rese conto che ciò che ondeggiava sul fondo erano i loro oggetti perduti. Vide il sofà e la vecchia credenza, e c'era persino il televisore. Timo si sforzò di scendere ancora di più, verso un gruppo di enormi coralli bianchi. Era una foresta sottomarina che intrappolava ciò che il suo potere non aveva cambiato dopo lo SNAP! Scese e s'immerse fra quei rami. Cercò suo fratello, ma gli mancava il fiato. Sentiva la testa esplodere e i polmoni bruciare per lo sforzo.

Poi sgranò gli occhi. C'erano degli esseri aggrappati ai coralli. Erano creature bianche, simili a spettri. Si tesero verso di lui, sfiorandolo con dita cartilaginose fragili come alghe. Qualcosa gli avvolse una caviglia e Timo urlò. Un mare di bolle gli sfuggì dalla bocca. Con uno strattone, si liberò dalla creatura dalle zampe molli come il più gelatinoso dei molluschi.

Fece per tornare in superficie, ma proprio allora vide Leo incastrato in uno scoglio. Cercava di liberarsi, ma non ne aveva la forza. Aveva uno strappo su una zampa da cui usciva un po' di ovatta. Timo, nonostante il cuore in gola, lo raggiunse.

Leo si agitò sott'acqua, trattenuto da un'alga, e Timo la strappò via, combattendo contro le creature che volevano tenerlo là sotto. Dita lattiginose e pallide cercarono di trascinarlo in fondo al mare, ma lui lottò a corto di fiato con gli spettri, e con una pedata riuscì a sfuggire dalle loro grinfie. Poi, svelto, riemerse.

Sbucò all'aria e prese un respiro enorme che gli riempì i polmoni. Olimpia volò subito da lui. «Eccolo qui,» ansimò Timo «prendilo!» Tese Leo sopra la testa e sua sorella l'agguantò per portarlo a riva, lontano da quel mare nero e dai suoi segreti.

***

Timo tornò lento fino alla spiaggia, e si lasciò cadere sfinito sulla sabbia per riprendere fiato. Sentiva male ovunque.

Due zampe fradicie, però, gli afferrarono il viso. Erano soffici e di stoffa marrone. L'orsetto aveva un cravattino verde e un berretto dello stesso colore. Timo abbracciò suo fratello e sorrise.

«Mi hai salvato» lo ringraziò lui. A Timo venne da piangere e lo strinse a lungo senza lasciarlo.

«Scusa» mormorò poi. «Scusami tanto, Leo...» Aveva voglia di ripeterlo un milione di volte e ancora non sarebbe bastato.

«E di cosa?»

Di tutto, avrebbe voluto rispondere, ma non trovò le parole. Gli chiese invece: «Stai bene?». Gli osservò la zampa tutta strappata, tirando su col naso e passandosi la felpa fradicia sul viso. «Ti fa male?»

L'orsetto scoppiò a ridere. «Sono fatto di stoffa, non sento niente!»

Timo provò solo un enorme senso di sollievo. Olimpia

planò accanto a loro, proprio sopra un pezzo di marmo. Leo l'osservò a bocca aperta, senza riuscire a capire chi fosse. Timo allora gli spiegò cosa era successo e cosa aveva fatto. Quando anche lui fu informato della situazione, fece la domanda che nessuno osava pronunciare: «E adesso?».

Fu Timo a rispondere: «Adesso» disse «ritroviamo i nostri genitori.»

15

IN CUI LEO AVVERTE "QUALCOSA" NELLO SCANTINATO, E IL CIELO CROLLA SUL SETTIMO PIANO...

Leo e Olimpia fissarono straniti le due statue sulla spiaggia. «Non credete che siano loro, vero?» chiese Timo sottovoce. «Non possono essere mamma e papà. Giusto, Olimpia?»

«Quelli non sono mamma e papà» rispose convinta sua sorella, saltandogli sulla spalla.

Anche lui pensava che fosse impossibile. Il dubbio, però, s'insinuò lo stesso nei suoi pensieri. Alla fine, nessuno sapeva nulla del suo talento magico. «Come fai a esserne certa?»

Olimpia tacque e fu Leo ad alzarsi in piedi. Zampettò con passo goffo fino alla statua più vicina, quella di Livia. Sembrava perdersi, alta e smisurata, contro le nuvole di vetro.

«Ehi, non ti allontanare» lo richiamò Timo. «Che cosa combini?»

«Aspetta, mi è appena venuta un'idea!» Leo si strizzò per bene una zampa, attorcigliandola in modo che uscisse l'acqua.

«Quale idea?» gracchiò sua sorella sbattendo le ali. Leo non le rispose. Appoggiò la zampa asciutta sulla statua di sua madre e chiuse gli occhi. Poco dopo un bagliore la avvolse in un riverbero dorato. «Ma certo... Vuoi usare il tuo dono per scoprire qualcosa di più su quella strana scultura!» esclamò Olimpia.

«Forse posso trovare il luogo in cui sono finiti mamma e papà.»

Timo sperò che avesse ragione e che i suoi genitori non si fossero trasformati in quelle due statue. Se così fosse stato, si sarebbe trattato di un guaio enorme. Come avrebbero fatto ad aiutarli?

«Non vedi niente? *Cra-cra...*» Olimpia ruotò il becco, impaziente. «Sono così stanca di essere una stupida cornacchia!» A Timo sfuggì una risatina e Olimpia lo beccò svelta in testa.

Leo si fece serio. Se non avessero saputo che era lui – davvero lui –, lo avrebbero scambiato per un pupazzo senza vita, trasportato a riva dalle correnti. «Non sono qui» disse a un certo punto, dopo un tempo che parve lunghissimo. «Mamma e papà si trovano altrove, e sono...» aggrottò la fronte pelosa sotto il berretto. «Sono *cambiati*. C'è qualcosa di strano.»

Timo fu attraversato da un brivido. «Come, strano? Cosa vedi?»

«*Sssh!*» lo zittì Olimpia.

Leo si mosse a disagio. «C'è qualcosa. Nel buio.» La sua voce arrivò da lontano. «Si agita in una terra antica e remota. E ci sono loro, ma non sono più loro… Non sono mamma e papà.»

«Dove, Leo? Dove si trovano? Sono qui? Sono sotto il mare?» Timo sperò di sbagliarsi e Leo scosse la testa. I suoi occhi si riempirono di un profondo terrore.

«Dove, allora?» domandò Olimpia. «Dove sono? Riesci a capirlo?»

«Sì. Si trovano sotto… *Sotto*, nel buio. Sono in basso… giù nell'ombra, là dove l'intero mondo scompare!» Leo spalancò la bocca e lanciò un urlo terribile che fece sussultare Timo e Olimpia. Staccò svelto la mano dalla statua e il bagliore dorato si spense. Quando si voltò verso suo fratello e sua sorella, tremava. Se un orsetto di peluche avesse potuto provare terrore e raccapriccio, avrebbe avuto sul muso quell'espressione.

Leo puntò una zampa a terra. Indicò la sabbia. *Sotto.*

«Sono sotto di noi» balbettò. «Nello… *scantinato*.»

***

Timo non ebbe bisogno di fargli domande: sapeva che aveva ragione. E lo sapeva perché era stata tutta colpa sua. Aveva desiderato che i suoi genitori svanissero e la pagassero cara. Però tacque. Non lo disse ai suoi fratelli. Tenne per sé quel segreto oscuro. Lo celò svelto sotto i battiti del cuore come polvere cacciata di nascosto sotto un vecchio tappeto. «Dobbiamo trovarli» disse invece. «Ci serve il loro aiuto. Ci servono mamma e papà.» Il suo sguardo rimbalzò tra Leo e

Olimpia, poi Timo aggiunse: «Da solo non so come mettere a posto le cose, capite? Non so come ho fatto».

«Non ci resta che raggiungerli, *cra-cra*.» Olimpia arruffò le piume.

«Sì, ma come?» domandò Leo. «Qui è cambiato tutto, no?»

«Non proprio tutto.» Timo indicò le finestre che erano rimaste identiche dopo lo SNAP! «Visto? E non è l'unica cosa.» Additò la porta d'ingresso e, oltre, le scale che scendevano ai piani sottostanti. «Dobbiamo scendere per di là.»

«Ne sei sicuro?» Olimpia si staccò dalla sua felpa e volò fino a una finestra. Si posò sul davanzale e beccò il vetro. «E se io provassi a uscire da qui? Potrei volare fino al pianterreno, aspettare che qualcuno entri o esca dal portone...»

«... e raggiungere lo scantinato, sì!» esclamò Timo agitando un pugno in aria. Prese in braccio Leo, corse ad arrampicarsi su una duna e raggiunse la finestra su cui stava Olimpia. Fuori il temporale imperversava sulla città, spezzando i rami dei tigli. Il cielo era attraversato da nubi basse come lembi di nebbia e la città era buia. Per strada, sotto di loro, c'era un sentiero di foglie lucide di pioggia, illuminate dai lampioni.

Timo posò suo fratello accanto a Olimpia, poi provò ad aprire i vetri. Divenne paonazzo nel tentativo. Strinse le labbra e ci riprovò di nuovo. «Niente da fare» ansimò dopo quella fatica titanica. Videro un pezzo di marmo semicoperto dalla sabbia e lo lanciarono contro la finestra. Poi Olimpia provò a scaraventarlo sui vetri facendolo cadere dall'alto. Nulla. La pietra rimbalzava senza scalfirli.

«Accidentaccio!» s'infuriò Timo. «Sembra quasi che il condominio voglia tenerci rinchiusi qui dentro.»

«Non dire sciocchezze» lo zittì Olimpia, agitando le ali.

«Tu hai un'ipotesi migliore?»

«No, ma guarda in che guaio ci hai cacciato... *cra!*»

«È stata anche colpa tua!»

Olimpia gonfiò di colpo le piume del petto e saltellò sul davanzale. «Con che coraggio?» sbottò. «Come ti permetti di dire una cosa tanto stupida, eh?» Sembrava pronta a beccarlo di nuovo.

«Lo dico e lo ripeto» sottolineò lui. «Se tu non mi avessi detto tutte quelle cose orribili, io non mi sarei infuriato tanto!»

«Le ho dette perché le meritavi.»

«No, le hai dette per ferirmi. Ammettilo!» La cornacchia sembrò mettere il broncio e Timo seppe di aver colpito nel segno. «Le hai dette perché ti sei sempre sentita superiore a me.»

Olimpia aprì il becco per ribattere, ma Leo li interruppe. «Guardate!» esclamò, puntando la zampa di peluche verso il soffitto.

Le loro urla avevano coperto i fragili scricchiolii che arrivavano dal cielo. Le nuvole di vetro erano solcate da una vasta crepa e sopra le loro teste cominciò a scendere una pioggia di sabbia rossa, finissima, che riempiva l'aria di polvere.

Crack... crick...

«Oddio!» disse Timo. «Se si dovesse rompere...»

Crick... crack...

«... finiremmo sommersi» Olimpia terminò la frase.

«La porta, svelti!» Timo non fece in tempo a dirlo che un oceano di sabbia rossa esplose sopra le loro teste. La crepa nelle nubi cedette con un frastuono assordante, come se milioni di bicchieri fossero franati tutti assieme nello stesso istante.

Poco più in là, una colonna di sabbia mista a frammenti di vetro si riversò nel mare, spingendo le onde verso la riva.

«Via, presto!» sbraitò Timo, afferrando suo fratello.

Olimpia spiccò il volo e Timo la rincorse. «Svelti! Più svelti!» gridò Leo. Lo tsunami di marea nera e sabbia rossa era alle loro calcagna. Olimpia infilò la porta e Timo la seguì. Si voltò appena in tempo per vedere le due enormi statue venire travolte.

Afferrò la maniglia e se la tirò dietro.

16

IN CUI TIMO, OLIMPIA E LEO VANNO IN CERCA DEI GENITORI, E SCENDONO LE SCALE FINO AL SESTO PIANO

«State tutti quanti bene?» Timo stringeva ancora la mano sulla maniglia, con le braccia che tremavano. Olimpia e Leo annuirono. Dietro la porta si udiva soltanto il ruggito del mare, mentre dalla loro parte c'era il vuoto e lento vorticare delle nubi.

Un lampo scintillò da qualche parte nel buio. Timo spostò gli occhi dal pianerottolo alle scale e guardò di sotto, nel nulla.

«Questa cosa non mi piace per niente» commentò Olimpia, aggrappandosi al corrimano. «Non vorrai davvero scendere da qui, eh?»

Anche Leo si sporse, incerto. Le scale svanivano in un abisso di nuvole che ribollivano come in un gorgo senza fine.

«Abbiamo forse un'altra scelta?» chiese Timo. «Non possiamo tornare a casa, non esiste più. Possiamo solo provare a scendere e vedere dove ci portano le scale.»

Per tutta risposta, sua sorella gracchiò contrariata.

«Io credo che ci sarà da camminare un bel po'» Leo indicò di sotto. «Vedete anche voi? Laggiù le scale precipitano senza fine.»

«È tutta colpa del mio SNAP!» sussurrò Timo, pensieroso.

«Del tuo... che cosa?» chiese Olimpia.

«Lo schiocco di dita» spiegò Timo. «Per me non è una melodia e non è nemmeno un formicolio. Il mio potere si è risvegliato con uno schiocco di dita. Io l'ho sentito nascere così.»

«E lo chiami... SNAP?» La cornacchia vermiglia saltellò sul corrimano.

«Sì, è il suono che fa uno schiocco di dita nei fumetti» aggiunse Timo. Subito dopo scosse la testa. «Ma adesso non importa. Dobbiamo scendere e arrivare al piano terra e da lì andare nel seminterrato.» Guardò Leo e aggiunse: «Sei assolutamente certo che siano lì?».

«Sì-sì.» L'orsetto di peluche parve rabbrividire. «Ma sono strani.»

«Strani come? Come noi?» chiese Olimpia.

Leo si strinse nelle spalle. «Peggio, ma non so spiegartelo. Non li ho visti. Però ho sentito... tanto freddo. Un freddo *gelido*.»

Olimpia guardò Timo come se si aspettasse da lui una spiegazione su ciò che aveva fatto. Lui però non disse niente. Scese invece uno scalino e iniziò a incamminarsi verso il sesto piano. Non poteva dire a sua sorella e a suo fratello che temeva di avere fatto qualcosa di orribile ai loro genitori. Se ne era reso conto? *Oh, sì*. Credeva anche di sapere *cosa* aveva fatto...

«Coraggio, andiamo. Stiamo solo perdendo tempo e non ne abbiamo da sprecare. Dobbiamo muoverci prima che sia tardi.»

«Tardi?» chiese Leo. «Perché tardi? In che senso?»

Timo si fermò. «Finché è notte, possiamo sperare che nessuno si sia accorto di niente. La città dorme e il condominio è sigillato dal mio potere, lo abbiamo visto. Non siamo riusciti a uscire da qui.»

«Giusto» gracchiò Olimpia.

«Ma che cosa accadrà domani mattina?» Timo lo chiese guardando negli occhi sua sorella e suo fratello. «Che cosa accadrebbe se qualcuno si accorgesse che la magia esiste sul serio? Se qualcuno provasse a *entrare* nel condominio?»

Olimpia rabbrividì, scrollando piuma dopo piuma. «Oddio, Timo! Sarebbe terribile. Saremmo tutti quanti in grave pericolo.»

«Ecco perché dobbiamo fare presto.» Timo riprese a scendere le scale. Ma aveva anche un altro motivo per farlo, un altro nodo in gola che non riusciva a spiegare a Olimpia e Leo.

Riguardava il piano di sotto. Non uno qualsiasi.

Il piano in cui abitava Diana.

***

Durante la discesa non pensò ad altro che alla sua migliore amica. *Se ho fatto questo alla mia famiglia, cosa può essere capitato a lei?* Provò una stretta dolorosa al cuore. *Se le è successo qualcosa di brutto, io...* Zittì anche quelle paure e affrettò il passo.

Scese una rampa di scale, poi due. E poi dieci. E dopo venti. I gradini non volevano finire, così come le nuvole fitte e quel buio tetro. Di tanto in tanto lampeggiava una folgore dorata che crepitava lontana come il brontolio di una creatura invisibile.

Le rampe di scale curvavano d'improvviso a destra o a sinistra; salivano e poi scendevano a capofitto in un gorgo di densa foschia. Una volta, in classe, il prof di arte aveva mostrato le stampe di Maurits Cornelis Escher. Timo era certo che appartenesse anche lui a una famiglia magica. C'erano scale impossibili... si rincorrevano a testa in giù, si duplicavano, svanivano e riprendevano... Ora gli sembrava di essere finito in una di quelle opere.

«Ma non finiscono mai?» si lamentò suo fratello, sfinito.

Timo lo prese in braccio.

«Così non andremo da nessuna parte» si sfogò Olimpia. «Dobbiamo tornare indietro. Al piano di sopra.» Si voltò a guardare su, ma il buio era così fitto che non si vedeva più il pianerottolo.

Forse Olimpia aveva ragione. Anche Timo iniziava a non poterne più. Stava per dirlo a sua sorella, quando vide qualcosa. C'era come un bagliore in mezzo a tutto quel grigio. Era simile alla luce di una candela in un oceano di nebbia densa. «Aspettate, guardate laggiù» disse Timo. «Lo vedete?»

Olimpia scese per prima, in picchiata. Timo la seguì di corsa e per poco non finì di sotto con Leo in braccio. I gradini finivano nel vuoto. «Accidenti! Il condominio non può svanire qui...»

Olimpia tornò dalla nebbia sbattendo le ali con fatica.

«Hai visto qualcosa?» domandò Timo. «C'è nient'altro là sotto?»

Olimpia planò su uno scalino. Era sfinita. Faceva fatica a parlare. «Non sono riuscita a scendere. Non più di qualche metro. Fa molto freddo e la nebbia mi è sembrata più chiara e velata. C'è qualcosa là e credo che sia... *neve*.»

Avrebbe spiegato quel freddo pungente. Timo serrò le labbra e mise per terra Leo, accanto a sua sorella, poi guardò giù. «Ne sei sicura?» chiese soltanto.

Olimpia annuì.

«Allora occupati di nostro fratello. Io vado a vedere cosa c'è là sotto, okay?»

«Ma sei impazzito?» starnazzò Olimpia. «*Cra-cra*, vuoi saltare? Ti ucciderai, Timo! Non osare farlo, non ti azzardare a...»

«Be', non ti ricordi l'ultima regola di nonna Lucina?» Timo prese un respiro e Olimpia raggelò di colpo. Era un'altra antica legge della magia. Se chi ha scatenato un dono muore, anche il talento di quella persona sparisce con lui. Perciò, se Timo fosse morto con quel salto, tutto sarebbe tornato come prima.

«Timo, ti prego. Ragiona un attimo...»

Lui tese una gamba. Si sporse nel vuoto. E saltò.

17

IN CUI CI S'INCAMMINA PER UNA LANDA GHIACCIATA, E SI RISVEGLIA UNO SPETTRO DI NEVE...

Neve. Gelida. Tantissima. Il contraccolpo lo lasciò senza fiato. Timo avvertì l'aria uscirgli dai polmoni e perdersi in uno sbuffo di vapore ghiacciato. Era caduto dentro un alto cumulo di neve morbida ed era ancora vivo. Un po' ammaccato, sì, ma illeso. Il cuore picchiava nel petto. Era sceso di un piano, c'era riuscito.

BUMMM...

Quel suono gli fece spalancare gli occhi.

BUMMM... Era fragore di onde. Alzò la testa e lassù, oltre la nebbia, in cielo, rivide il grande mare nero del piano superiore, proprio quello dentro casa sua. Timo restò a bocca aperta a fissarlo.

Vide il fondale con i coralli bianchi e gli spettri che vi nuotavano leggeri.

BUMMM... Il cielo era liquido e sconfinato. Un mare appeso a testa in giù che si perdeva fino all'orizzonte. Quando le onde s'increspavano scontrandosi fra loro, la spuma cadeva nel vuoto e il vento la ghiacciava all'istante. La neve fioccava così su Timo, che rabbrividì. Aveva creato lui tutto quanto? Quale assurdo potere era in grado di fare ciò?

BUMMM... La marea in arrivo rimestò il cielo e si ritirò di nuovo, prima di impennarsi e sparire in gorghi grigi. Timo era senza fiato. Di colpo ci fu un rumore secco: sua sorella era piombata nella neve, lì vicino, con Leo stretto fra le zampe. Le correnti d'aria dovevano averle giocato qualche brutto scherzo. Timo si affrettò a tirarsi in piedi per andare ad aiutarli. Leo già sgambettava senza problemi sopra quella vasta distesa gelata, mentre sua sorella si era conficcata in profondità nel manto. Toccò a Timo tirarla fuori. «Tutto bene, Olimpia?» Lei rabbrividì, arruffando le piume. Una raffica di vento la ribaltò a terra.

«Sarei stata meglio se tu non mi avessi trasformata in cornacchia» l'accusò, scansandosi con fastidio. «Sono riuscita a passare la nebbia, ma col peso di Leo è stato tutto più difficile.»

«Ma se sono leggerissimo!» si lamentò lui. «Sono pieno di ovatta» esclamò, torcendo una zampa di trecentosessanta gradi.

Olimpia distolse subito lo sguardo. «*Craaa!* Non farlo più, Leo. È raccapricciante!»

BUMMM... Timo però non la stava più ascoltando. La nebbia si era diradata un po'. Adesso le alte montagne di neve fresca non erano la sola cosa che si riusciva a vedere del misterioso sesto piano. Poco più avanti, in mezzo a una vallata di ghiaccio sterminato che a Timo ricordava la Siberia, o la Groenlandia, si trovava una porta inclinata, divelta dai cardini.

L'anta era ghiacciata e spalancata su quel mare di neve come se una forza sovrumana l'avesse sradicata con violenza. *Che cosa sarà mai accaduto qui?* si domandò Timo. Si avvicinò di corsa e vide la targhetta sulla porta. Pulì via il ghiaccio. Casa Amati.

«Diana» bisbigliò.

Olimpia e Leo lo scrutarono. «Siamo al sesto piano, allora?» gracchiò sua sorella. «È la casa di Diana?» Timo non seppe cosa rispondere. Se era la casa di Diana, perché si era trasformata in una terra spazzata da neve e gelo?

«Credo di sì» disse. Un attimo dopo aggiunse: «E forse ho un'idea su cosa è successo». Ormai Timo si tormentava da un po' su quel pensiero. A ogni gradino, lungo le scale, aveva rimuginato su ciò che Leo gli aveva detto dei loro genitori. «Il mio potere, in qualche modo, deve aver cambiato i luoghi che conosco» spiegò. «Li ho mutati usando l'immaginazione. Capito che cosa intendo?»

Leo scosse la testa, Olimpia invece aveva afferrato il punto. «Hai modificato la realtà del condominio deformandola col tuo dono.» *BUMMM…* Un'altra onda sulle loro teste parve porre l'accento su quelle parole. «Ma Timo, se così fosse, il tuo dono sarebbe unico. Non ho mai letto nulla di simile in nessun libro.»

«Nemmeno la mamma lo saprebbe?» chiese Leo, un po' preoccupato.

Olimpia scosse il capo piumato. «Non credo, forse nonna Lucina.»

«In ogni caso, se ho ragione,» continuò Timo «Diana è qui da qualche parte. Ed è da sola, sua madre era al lavoro.»

«Ecco spiegato il mare di neve e ghiaccio» disse Olimpia. «Ci troviamo in una landa desolata in cui è facile sentirsi soli e abbandonati.»

BUMMM... Ancora una volta le onde nere posero l'accento su quella considerazione. Timo si strinse nella felpa. Aveva freddo e il gelo si insinuava anche nei suoi pensieri. Era ancora tutto bagnato dopo il tuffo nel mare al piano superiore. La felpa e i jeans iniziavano a congelarglisi addosso. «Non possiamo restare. Dobbiamo trovare Diana e andarcene il prima possibile.»

Furono tutti d'accordo. Timo indicò un punto in lontananza, dietro la porta scardinata. «Li vedete anche voi?» domandò, cercando di trattenere i brividi. «C'è qualcosa, là in fondo.»

«Sembra una foresta» disse Leo.

«Cerchiamo riparo là» propose Timo. «Se Diana è da qualche parte, forse avrà trovato rifugio da questa fitta nevicata.»

S'incamminarono, con la neve che fioccava lenta come una carezza. Erano accompagnati soltanto dal lugubre rumore della risacca del mare, simile al battito di un gigantesco cuore lontano. *BUMMM...* Olimpia aveva tutte le ali intirizzite. Leo invece correva sotto la neve come se niente fosse. Era fatto di stoffa e ovatta, e niente sembrava impensierirlo davvero.

***

Camminarono per quella che a Timo parve un'ora buona. Aveva sempre più freddo, ma muoversi lo riscaldava. Attorno a loro c'erano solo alti cumuli di neve fresca. Presto, però, raggiunsero una pianura di ghiaccio duro e lucido come uno specchio. Gli alberi ormai erano vicini: ricordavano degli abeti, ma i tronchi e gli aghi erano di un azzurro cristallino. Una sottile foschia correva svelta fra le radici.

«Sembra che sia tutto congelato» notò Olimpia. I tronchi erano enormi e antichi. «Credi che Diana si trovi qui?» chiese a Timo. Si accorse solo in quel momento che Leo non era più con loro.

«Dov'è Leo?» disse, allarmata. «Leo?!» gridò.

Il terrore d'averlo perso fece gelare il cuore di Timo. Poco dopo, però, lo vide. Era rimasto indietro, accanto a un albero che fissava con troppa attenzione. Timo si avvicinò, seguito da Olimpia. «Leo, ma che fai lì? Che cosa hai visto?»

Dentro quel tronco, trasparente come un candelotto di ghiaccio, si agitava qualcosa. Era un filo di fumo biancastro. Si scuoteva contorcendosi, prigioniero dell'albero. Timo non fece in tempo a dire a suo fratello di allontanarsi: Leo toccò il tronco di cristallo e bastò questo a incrinarne la superficie. La corteccia si crepò. Ciò che c'era all'interno lanciò un grido. Il fumo si diradò mostrando un viso dalle zanne aguzze. Poi l'albero esplose in mille pezzi affilati e Leo urlò.

Una zampa agguantò l'orsetto di peluche.

E *strinse*.

18

IN CUI IL GHIACCIO PRENDE VITA, E S'INCONTRA UN NOBILE CAVALIERE D'ARGENTO

La creatura crebbe e si gonfiò come un vento di bufera. Aveva un viso bianco e sottile, con squarci al posto degli occhi, del naso e delle fauci, e zanne fitte e sottili come aghi. Il fumo che la componeva a contatto con l'aria iniziò a indurirsi e divenne solido. Ghiacciò come una spessa corazza a scaglie. La creatura si trascinò lenta sulla neve. Annusò l'aria come avrebbe fatto un lupo a caccia. Quindi sollevò Leo e spalancò la bocca per inghiottirlo.

Leo gridò e Olimpia piombò con gli artigli snudati sulla testa della creatura mostruosa per accecarla. Timo le fu subito accanto. Aveva trovato una pietra nella neve. La impugnò saldamente e affrontò la creatura. La colpì a un braccio e gli artigli che stringevano Leo andarono in mille pezzi.

L'orsetto cadde in mezzo alla neve e il mostro lanciò un grido. Guizzò di lato per liberarsi di Olimpia e con una manata scagliò via la cornacchia, mandandola a sbattere contro un tronco congelato.

Il colpo la lasciò a corto di fiato. Crollò a terra frastornata, mentre il rumore del ghiaccio che si spezzava la fece voltare. Quel suono riempì il bosco. Ci fu un secondo e orribile verso che si levò fino al cielo. Un filo di fumo sottile uscì dal tronco spezzato. Zampe lunghe. Occhi bui. Denti affilati. Adesso i mostri erano due.

Olimpia spiccò il volo gracchiando. «Timo, non toccare gli alberi!»

Lui si voltò e sentì il cuore balzargli in gola. La seconda creatura scivolò alle sue spalle. Non potevano affrontarne due assieme. Si guardò attorno in cerca di una via di fuga e gli parve di vedere qualcosa in mezzo alla neve, oltre il mare di tronchi. «Olimpia, di qua!» urlò, indicando quello che gli sembrava un sentiero.

Recuperò Leo da terra e l'orsacchiotto si aggrappò forte a lui. «Mi dispiace» piagnucolò contro la sua felpa. «Ero soltanto curioso.»

Timo l'abbracciò per tenerlo al sicuro. Non era certo sua la colpa. *È solo mia,* considerò. *Sono io che ho scatenato tutto quanto.*

Corse in mezzo agli alberi e saltò radici ricoperte dalla neve. I fiocchi continuavano a cadere e i mostri di ghiaccio li inseguivano come dei segugi alle prese con un paio di facili prede. Olimpia gli volò accanto, zigzagando fra i tronchi, in cerca di un posto sicuro. Timo udiva gli ululati delle creature. Erano sempre più vicine. Si nascose dietro una collinetta e lì una bocca piena di aghi affilati si spalancò urlando. Una zampa dagli artigli ghiacciati gli afferrò la felpa e subito dopo Leo fu scaraventato lontano nel bosco. Olimpia provò a raggiungerlo, ma un'unghiata la fece ruzzolare a terra.

Timo tentò di rialzarsi e vide la bocca di neve spalancarsi e incombere su di lui. Chiuse gli occhi davanti a quelle fauci che spargevano un denso fumo bianco nel sottobosco. Attese il morso, invece sentì un rapido sibilo nell'aria. Spalancò gli occhi appena in tempo per vedere una freccia finire dritta nella gola del mostro. Un rantolo soffocato fu seguito da un gorgoglio e la creatura si frantumò in mille pezzi.

Timo cadde a peso morto nella neve. Si voltò e vide un'altra freccia conficcarsi nella seconda creatura. Anch'essa esplose con un suono cristallino, e dopo ci fu silenzio.

Leo e Olimpia raggiunsero Timo e insieme osservarono terrorizzati gli alberi circostanti. C'era qualcuno, immobile dietro a un tronco.

«C-chi...» balbettò Timo. «Chi sei?» Il fiato in bocca si rapprese in fragili riccioli bianchi.

L'altro non rispose, fece invece qualche passo verso di loro. Indossava un'armatura d'argento lucidissimo e in mano stringeva un arco lungo, dello stesso prezioso metallo. Sulle spalle portava una faretra e una pelliccia bianca. Sul viso aveva un elmo con la celata abbassata. Sopra il cimiero da parata, una folta cresta blu scendeva fino a terra.

Olimpia volò sulla spalla di Timo. Leo si strinse al suo braccio. Non lo avrebbero lasciato solo.

Il Cavaliere d'Argento portò una mano all'elmo e rimosse la celata. «Non dovete disturbare il sonno della neve» spiegò.

Timo restò senza fiato quando lo straniero si sfilò l'elmo e liberò nell'aria una cascata di ciocche blu.

«Ciao, vicino.»

19

IN CUI SI RAGGIUNGE IL POZZO BIANCO, E SI CERCA UNA VIA D'USCITA DAL SESTO PIANO

«Diana?» domandò. «Sei proprio tu?» Timo continuava a fissarla. Lei tese una mano e l'aiutò a rialzarsi proprio come aveva fatto in soffitta, nel loro posto segreto, quella stessa mattina.

«Timo, come sei arrivato?» gli domandò aggrottando la fronte. «E loro chi sono?»

Come poteva spiegarle l'esistenza di una cornacchia parlante e di un orsetto di peluche in grado di muoversi? Che per di più erano i suoi fratelli... Timo aprì la bocca cercando di trovare le parole.

Diana levò una mano. «Mi dirai tutto al rifugio» lo frenò, senza dargli il tempo di inventare delle scuse. «Sono mesi che mi trovo qui e una cosa l'ho imparata: quando cala il buio, è meglio non restare all'aperto. Il bosco ha mille occhi. Vi faccio strada.»

Timo rimase impietrito. «Mesi? Hai detto proprio *mesi*?»

Diana annuì, con aria triste. Poi s'incamminò fra gli alberi. Lui si voltò a cercare Leo e Olimpia. «Possibile che a questo piano anche il tempo si sia messo a scorrere in modo diverso?»

Sua sorella scosse la testa... Non ne aveva idea, ma non ci fu modo di discuterne assieme. Si affrettarono a seguire Diana per non perderla di vista. Timo aveva un solo pensiero: poteva infrangere una delle più antiche regole delle famiglie magiche? Poteva rivelare a Diana l'esistenza dei doni? E lei, gli avrebbe creduto?

***

Se lo chiese lungo tutto il tragitto, fino a quello che Diana aveva chiamato "il rifugio". Si trovava a quasi un'ora di cammino dal punto in cui li aveva salvati. In una zona del bosco più tranquilla, dove, almeno così parve a Timo, non c'erano i mostruosi alberi ghiacciati con quelle orribili creature di fumo intrappolate al loro interno. Sembrava un bosco come tanti.

«Ecco, è qui. Io lo chiamo il Pozzo Bianco.» In effetti l'entrata ricordava un pozzo scavato nel ghiaccio purissimo. Si trovava accanto alle radici di un abete smisurato che vi cresceva vicino. A Timo, però, bastò entrare nella conca ghiacciata per scoprire una botola di solido legno. La sollevò a fatica, con l'aiuto di Diana. Per un po' non vide niente, solo qualche gradino scavato nella roccia del suolo. Così scese per primo e lentamente gli occhi parvero abituarsi alla penombra. Alla fine della scala, notò che c'era un'ampia stanza segreta in cui, a una prima occhiata, era stato stipato di tutto.

Somigliava a una tana, ma di quelle molto ben fatte. Solo dopo si accorse delle tante, piccole assurdità. C'erano un letto a castello in un angolo davanti a loro, un sofà accanto a due librerie, dei poster, una scrivania e persino una finestra che dava su...

«Mantova!» Timo sentì un brivido lungo la schiena. Si fiondò verso l'imposta per guardare fuori, premendo le mani contro il vetro gelido. Era ancora notte, e diluviava. Il tempo là fuori non era cambiato. Alla fine, riconobbe quel luogo. «È camera tua» disse a Diana, che si stava togliendo il mantello.

Lei annuì e posò l'elmo sul letto. Olimpia guardò Timo. «Anche qui alcune cose non sono mutate», notò sua sorella «il sofà, la scrivania...»

«... e le finestre!» concluse Leo, arrampicandosi sul letto. «Questa stanza è uguale a prima. Lo SNAP! non ha...» Di colpo tacque, mettendosi una zampa sulla bocca. Timo e Olimpia si scambiarono uno sguardo fugace e subito dopo osservarono Diana, che incrociò le braccia al petto, sull'armatura lucida d'argento sbalzato. Era serissima. «Credo che mi dobbiate qualche spiegazione» dichiarò, fissando Timo. «Ho ragione?»

Lui annuì in silenzio; ce l'aveva eccome.

«Sì, ti dirò tutto.»

***

«Quindi sei un... *Inventamondi.*» Diana aveva ascoltato le sue parole con attenzione, annuendo con occhi sempre più larghi e brillanti. Aveva trovato anche quel simpatico nomignolo per lui; alla fin fine era sempre stata lei a idearli per tutti i condòmini.

Fuori, nel frattempo, era calata la notte. L'aria aveva una voce sottile che s'intrufolava fra i tronchi degli alberi e cantava una tetra melodia invernale. Nel Pozzo Bianco, come lo chiamava Diana, invece c'erano un bel tepore e una zuppa di radici viola che la ragazza aveva cucinato per tutti. Non era male: sapeva di patate. Timo aveva talmente tanta fame che mandò giù tutto.

Aveva temuto il giudizio di Diana. I giudizi sono come pietre legate attorno al cuore; lui ne sapeva qualcosa, con anni di menzogne, silenzi e scuse. Si era sempre sentito sbagliato, aveva sempre temuto di non essere compreso... ma ora la sua paura più grande era un'altra: Diana lo avrebbe additato come un mostro di cui aver paura?

Lei però non gli rinfacciò niente. Anzi, sembrò capirlo e scusarlo. Si mise seduta accanto a lui, sopra il sofà, e gli sorrise. «Così,» disse indicando la cotta di maglia che portava, perché si era tolta l'armatura per stare più comoda «tu mi vedi come una guerriera, eh?» Diana sorrise fiera e Timo arrossì di colpo.

«Non so perché tutto è cambiato nel modo in cui l'ho immaginato. È pazzesco!» provò a spiegarle. Poi la fissò negli occhi. «Ma ho sempre pensato che tu fossi forte e fiera, e nobile. La più forte fra tutte le persone che conosco» le rivelò, con sincerità.

Timo guardò Olimpia e Leo, che per fortuna si erano addormentati quasi subito, al caldo, stretti in cima al letto a castello. «Dobbiamo trovare i miei genitori» disse a Diana, posando la scodella con la zuppa viola. «Loro sapranno come aiutarci, o almeno lo spero. Trovarli è la nostra unica possibilità di uscire da qui.»

«E tu dici che sono nello scantinato?» chiese Diana, dopo un altro sorso di zuppa. «Vuoi sul serio scendere i piani che restano?»

«Non abbiamo altra scelta, giusto?» Timo si guardò le mani. «O forse potrei schioccare di nuovo le dita e fare un altro SNAP!»

«Ma non sai cosa potrebbe succedere...»

«Esatto.»

«È un grosso rischio. Non vorrei ritrovarmi con la coda» Diana rise piano, ma subito dopo si zittì. Si voltò a guardare l'amico con una luce nuova negli occhi. C'era un'idea nei suoi pensieri. «Il Lago Muto, sì, ma certo!» Diana afferrò le mani di Timo e gliele strinse con forza.

«Il che?»

«Scusa, tu non puoi saperlo» si affrettò a dirgli. «Sono qui da tanto di quel tempo che... Be', ho perlustrato un po' la zona. Sai, per capire come sopravvivere. Ho trovato un lago ghiacciato in cui non ci sono suoni né rumori. Per questo gli ho dato quel nome, capito? È un posto pericoloso, pieno di quelle creature là fuori, ma il Lago Muto ha anche qualcosa di speciale.»

Timo sentì il cuore accelerare. «E cioè?»

«C'è qualcosa nell'acqua, Timo.»

«Cosa?»

Diana lo fissò con un sorriso astuto.

«Credo che sia la via d'uscita da questo piano...»

«E tu come lo sai?»

«Perché ho visto delle scale sommerse... e una *porta*.»

20

IN CUI SI SCOPRE IL SEGRETO RACCHIUSO NEL GHIACCIO E SI TENTA UN PIANO DAVVERO DISPERATO!

Si addormentarono e il mattino successivo si svegliarono presto. C'era un'alba siderale che tingeva di turchese il cielo e le cime degli alberi. Una sottile foschia azzurrina scivolava lugubre fra i tronchi spettrali. Con indosso l'armatura, Diana fece loro strada fra quei sentieri nascosti che sembrava conoscere da tutta la vita.

Timo teneva suo fratello e sua sorella sotto il pesante mantello di pelliccia bianca che Diana gli aveva prestato. Ne aveva molti nella sua tana, ma dove li avesse recuperati non osò chiederlo. Nonostante tutto, Diana sembrava felice in quel luogo e Timo cercò di capire perché si trovasse tanto a suo agio.

«Ci sono abituata, lo sai.» Scrollò le spalle e lo disse con una tale semplicità che Timo ne rimase sorpreso. «In fin dei conti sono sempre stata sola, no?»

Lui però scosse la testa. Non era d'accordo. «Ma se tutti vogliono stare con te» disse.

Diana rise e lo guardò. «Dove?» chiese. «Quando?»

«Be', in classe, a scuola, e...»

Diana rise ancora e l'armatura d'argento catturò uno scintillio. «Ma non dove conta davvero.» Con l'arco in pugno indicò il bosco. E aggiunse: «Io dico qui, a casa mia. O meglio, ciò che ne resta dopo il tuo schiocco di dita, chiaro».

«Ti senti sola?» gracchiò Olimpia, che aveva seguito il discorso.

«Sì, spesso» ammise Diana. «L'ho capito stando qui e riflettendo su quello che provavo ogni giorno, prima. Mia madre non c'era mai, era sempre al lavoro. Passavo le giornate ad annoiarmi fra un appartamento e l'altro, per fortuna abbiamo dei condòmini interessanti... Madama Pungiglione è la più spassosa! Ha sempre una storia da raccontare sul suo passato da entomologa. Ma quando tornavo a casa, ed ero sola, sentivo tutto il vuoto del mondo. Forse è per questo che hai creato tutta questa neve, Timo, lo sai?»

Timo in realtà non sapeva che dire. Aveva sempre creduto che Diana fosse felice, anche se con sua madre le cose non andavano benissimo. Aveva sempre pensato di essere il solo ad avere problemi a casa. Si vergognò di non aver capito quanto la sua amica si sentisse triste e avvertì un groppo in gola.

«Scusa se non l'ho mai afferrato.»

Diana scosse la testa. «Non hai nessuna colpa, Timo...»

«Ma avrei potuto starti vicino.»

Lei si voltò a guardarlo, grata. «Grazie, è una cosa bella da dire.»

Per un po' nessuno parlò. Camminarono nella neve fra tronchi e rami caduti. L'aria era fredda e affilata. Ci misero ore a raggiungere il Lago Muto: il luogo in cui Diana era certa di aver visto delle scale e pure una porta. Quando infine si avvicinarono al limitare del bosco, il cielo era già invaso dalla foschia.

BUMMM... Più in alto, il mare nero del settimo piano ruggiva. «Quindi quello è il mare dentro casa vostra?» chiese Diana.

«Già, non è super?» esclamò Leo, con la voce impastata dal sonno.

«Super?!» A Olimpia si spettinarono le piume. «Voglio solo andarmene da qui, si muore di freddo. Poco fa mi è pure venuta voglia di beccare un verme!»

«E poi ci sono quelle creature nel ghiaccio» aggiunse Timo, facendo un cenno ai tronchi in riva al lago, all'interno dei quali si agitavano gli esseri fatti di fumo bianco. «Da dove arrivano, si può sapere? Perché sono qui?»

Diana abbassò gli occhi e una ciocca di capelli blu le nascose il viso. «Me lo sono chiesto anch'io, e credo di averlo capito» ammise. «Penso che siano le mie paure, ciò che ho dentro. Tu, in qualche modo, le hai sempre viste e capite.»

Timo non ebbe tempo di chiedersi se fosse vero o no. Dietro l'ultima linea degli alberi d'improvviso apparvero le rive del Lago Muto. Si trovava in una valle fra alte cime innevate e da lassù scendevano sospiri di neve spinti dal vento. Timo rimase a fissare lo specchio d'acqua ghiacciata: una lastra che correva lontano e rifletteva il mare nero sospeso sulle loro teste.

«Guardate laggiù!» esclamò Leo. Era stato per tutto il tempo dentro il cappuccio di Timo. Indicò un'ombra proprio dentro l'acqua e Timo raggiunse di corsa la riva.

«C'è qualcosa sotto il ghiaccio» disse Olimpia, volteggiando sopra lo specchio gelato. Al centro del lago scorsero delle scale che scendevano negli abissi. Lontana, come un miraggio sepolto dentro un sogno, si trovava una porta. «Avevi ragione, Diana. È la porta del quinto piano!»

«E noi come ci arriviamo?» chiese Timo. «Il ghiaccio è spesso.»

«Ci sono delle grosse pietre laggiù.» Diana indicò qualcosa fra gli alberi e i cumuli di neve. «Ma c'è anche altro sotto il ghiaccio, l'avete visto?» Diana stava indicando delle ombre vicino alle scale sommerse. Timo, Olimpia e Leo si sporsero.

«Ma sono le creature di fumo!» esclamò Timo e di colpo impallidì. Nuotavano pacifiche, come squali, sotto lo spesso strato congelato. «Se rompiamo il ghiaccio per arrivare alle scale...»

«... loro ci assaliranno» concluse Diana. «Per questo non ho mai provato a farlo prima di oggi» rivelò. «Per colpa loro.»

Sulle rive del Lago Muto scese un silenzio disperato. Diana, però, si voltò verso Timo. Gli afferrò una mano e lo fissò negli occhi. «Però adesso abbiamo un'occasione, una che da sola non avevo.»

Timo scosse la testa senza capire.

«Ho un'idea, ragazzi.»

* * *

«No, è una follia.» Timo si fermò. Avevano raggiunto il centro del Lago Muto, ma lui non ne voleva sapere di andare oltre. «È tutto sbagliato, e soprattutto pericoloso.»

Gli altri lo precedevano di qualche passo, stringendo nei pugni e nelle zampe delle pietre con cui avrebbero rotto il ghiaccio e raggiunto le scale. Ma quella era solo la parte facile del piano.

«Non farla troppo lunga, Timo» l'esortò Diana. «Non c'è altro modo. Vuoi restare qui dei mesi, o degli anni?»

«Dev'esserci un'altra soluzione,» s'intestardì lui «ma non questa. Non capisci, Diana? Non sai cosa mi stai chiedendo. È folle!»

Lei s'infiammò, con aria battagliera. «Sì che lo so. Sono io quella che è rimasta qui da sola, con quelle creature, giorno e notte!»

Timo parve accusare il colpo. «È vero,» ammise «ma io non...»

«Ma ora tu puoi aiutarmi a uscirne, no?» chiese lei, molto seria. Leo e Olimpia seguivano la discussione senza intervenire. Sapevano anche loro che era un rischio enorme, ma sembrava anche l'unico modo per ritrovare i loro genitori.

«Diana,» la supplicò Timo, esasperato «non puoi chiedermi di usare lo SNAP!»

Diana però non volle sentir ragioni. «Dovrai farlo, invece» esclamò, sollevando la grossa pietra aguzza che aveva in mano. «Dovrai farlo, se non vuoi combattere contro quegli spettri!»

«No, aspetta!»

Non aspettò. Colpì la superficie del lago e ci fu un suono spaventoso. Un *CRACK!* echeggiò per tutta la valle innevata. Schegge ghiacciate affollarono l'aria in un mare di scintillii.

«Ferma!»

Timo fece un passo, ma fu una cattiva idea. Il ghiaccio si ruppe in più punti. L'acqua risalì in superficie e con essa anche le dita fumose delle creature che stavano sotto di loro. Olimpia gracchiò quando una mano bianca e vaporosa le strinse una zampa.

Le creature fatte di fumo erano decine e si stavano solidificando a contatto col vento. Leo spezzò degli artigli con una pietra, e Timo sentì il terrore nel petto. Una mano gli afferrò una caviglia per tentare di trascinarlo sott'acqua. Anche Diana era già mezza sommersa dalle onde. Così fu costretto a farlo.

Levò il braccio. Avvicinò i polpastrelli.

E li fece schioccare.

SNAP!

SNAP!

Lo controllo. Credo di poterlo fare. Non è il talento a governare la mia mano, ma sono io. Devo, perché non c'è niente di peggio di un potere selvaggio.

Mi sforzo e stringo i denti. Sento lo schiocco di dita riverberare nell'aria. È come un frastuono lontano, una folgore nel vuoto... Sento il mio dono cambiare ciò che mi sta attorno, ma è diverso rispetto alla prima volta.

Riesco a sentirlo e provo a governarlo. Mi sforzo perché tutto non cambi e non vada in mille pezzi. Poi, però, dentro il cuore s'intrufola un dubbio.

Guarda cos'hai fatto ai tuoi genitori, mi dice una voce maligna e crudele. Perché io so che cosa ho fatto... È qualcosa di vergognoso e di orribile. Se mio fratello e mia sorella lo sapessero, o Diana, mi odierebbero. Saprebbero che non c'è nessuna speranza in quello che stiamo facendo.

Perché ho mentito a tutti. Io so che cosa c'è nascosto nello scantinato. Lo so per un motivo ben preciso: perché l'ho creato io, col mio schiocco di dita. È questo pensiero che mi tormenta e mi fa perdere il controllo.

È un attimo di vuoto assoluto.

Il mio potere sfugge e cambia il mondo.

«TIMO? TIMOTEO!»

PARTE TERZA

MANCA ANCORA UN ULTIMO SNAP!

21

IN CUI LO SNAP! HA CAMBIATO ANCORA LA REALTÀ, E SI GIUNGE AL BRULICANTE QUINTO PIANO...

«Timo, apri gli occhi!» Diana stava sopra di lui, ma non era più la stessa. Non indossava la corazza d'argento, ma un sontuoso abito di velluto azzurro, con enigmatici simboli d'oro ricamati lungo le maniche e gli orli. Anche il viso era decorato da tante piccole rune dorate e lucenti.

Timo sbatté le palpebre, confuso. «Cosa... *dove*?» Si guardò intorno: il Lago Muto non c'era più e nemmeno le sue creature di fumo. Vedeva invece un soffitto di terra umida e radici; era l'interno di una smisurata grotta. Timo impallidì. «Sono stato io?» chiese a Diana. Lei aveva i capelli blu raccolti in una morbida treccia. «Ti ho tramutata di nuovo?»

«Sì, e in una sorta di maga-guerriera, credo» rispose Diana, mostrando la spada dalla lama di cristallo che portava appesa a una cinghia di seta. «Mi è andata anche bene, sai?» aggiunse, indicando qualcosa accanto a sé. Timo vide così un brutto formichiere dalla pelliccia rossa, il naso lunghissimo e la lingua sottile.

«Questa me la paghi cara, Timo!» farfugliò sua sorella Olimpia, avvicinandosi con un'aria minacciosa. «Ora vedi che morso!»

Leo scoppiò a ridere. «Sei tutta pelosa e... *linguosa*!» disse, rotolando sul pianerottolo che portava al quinto piano. Anche suo fratello era cambiato. Non era più un orsetto imbottito di ovatta, ma un soldatino di pezza con elmetto e baionetta.

«Caspita» si lasciò sfuggire Timo. Ancora una volta il suo strano dono gli era sfuggito di mano. «Io sono cambiato?»

Diana l'aiutò a tirarsi in piedi. «No, tu sembri immune al tuo stesso dono» rispose. «Sei sempre uguale, o almeno così mi pare...»

«Sì, ma aspetta che gli metta le zampe addosso!» esclamò Olimpia imbufalita. «Vedrai come gli cambio i connotati, oh sì!»

«Questa volta io non c'entro nulla, Olimpia! Non l'ho voluto.»

«È vero» si sentì in dovere d'intervenire Diana. «L'ho costretto io a farlo. Ma guarda il lato positivo.»

«E quale sarebbe?» sbottò Olimpia, offesa. «Resto sempre una bestiaccia!»

«Sì...» Diana si morse la lingua. «Cioè, *no*. Ma siamo al quinto piano.» Indicò una porta davanti a loro, e tutti e quattro si voltarono a fissarla con una strana sensazione in fondo al cuore.

Da dietro l'uscio arrivava un rumore confuso: era un brulichio incessante, come se una ridda di cose al lavoro si fosse messa in moto. Scricchiolava. Frusciava. Timo deglutì. «È l'appartamento di Madama Pungiglione, no?» chiese poi.

Diana annuì e basta. Poi mise una mano sulla maniglia. «Pronti?» Nessuno di loro lo era, ma non potevano restare lì a perder tempo. Aprì la porta, che cigolò sui cardini, e qualcosa volò davanti ai loro occhi, in una penombra umida come in certe notti d'estate. C'erano odore di erba falciata e foglie e cera d'api. Diana non entrò subito, ma sbirciò appena oltre la soglia.

Un'enorme falena dalle ali brune le sorvolò la testa e le strappò un grido che si perse nel vuoto. Un istante dopo, centinaia o forse migliaia di quelle creature spiccarono il volo. Timo le vide correre sotto un cielo pieno di radici e ragnatele brillanti di rugiada. Svariate falene s'impigliarono là dentro e decine di ragni scesero dai loro nascondigli per farle a pezzi con le mandibole. Ci fu un rumore bavoso di cose che masticavano altre cose...

«Ma siete pazzi?» ansimò Olimpia al colmo del disgusto. «Volete entrare?» Leo si aggrappò a lei e nascose il viso nella sua pelliccia. Diana non disse nulla, prese coraggio e aprì la porta per vedere il resto di quel mondo che Timo aveva creato con lo schiocco di dita. Era smisurato come gli altri.

Dal soffitto, appesi alle radici e alle ragnatele, pendevano migliaia di grossi bozzoli di seta, ondeggianti al vento. Erano gonfi d'insetti e parassiti sgradevoli che non sembravano ancora essersi accorti di quei piccoli e appetitosi intrusi là sull'uscio. L'aria odorava di tane umide e di foglie macere, e di antichi boschi dimenticati. Quel mondo non era fatto per gli esseri umani.

Dalla porta scendeva un sentiero di pietra simile a una scala a chiocciola. Portava a un canyon pieno di pinnacoli di terra e fango. Erano solenni come i palazzi di una città eretta dagli insetti, con creature che ronzavano e sciamavano in file brulicanti.

«Io laggiù non scendo» si rifiutò Olimpia. «Scordatevelo!»

Nemmeno a Timo la cosa piaceva molto. Poteva immaginare tutte quelle zampine salirgli per il collo. Represse un brivido e si tirò il cappuccio in testa. «Madama Pungiglione era a casa?» chiese.

Diana annuì guardando i percorsi che correvano fra le torri di fango. «Pensi che sia là sotto? Da qualche parte? Credi che...»

«Se non l'hanno già mangiata» commentò Leo sporgendosi un po' oltre l'orlo del baratro. «Sembrano tutti così affamati qui.»

«Oh, ti prego, Leo!» sbottò Olimpia acchiappandolo con la lingua. «Non dire scemate, okay? E non ti sporgere!»

Leo annuì, ma solo per calmarla.

«Una cosa è certa,» concluse Timo «non possiamo restare. Dobbiamo scendere e trovare l'uscita dal quinto piano. Non abbiamo molto tempo» ricordò.

Non sapevano che qualcosa nel buio li stava già fissando, con appetito. Aveva fauci schiumanti e zampe pelose. E tanta, *troppa* fame.

22

IN CUI SI FINISCE DRITTI IN UNA TRAPPOLA... E SI DEVE SPICCARE IL VOLO SU RAPIDE ALI

«Non lo avevo capito prima d'ora» ammise a un certo punto Timo, sorprendendo gli altri.

Erano scesi percorrendo il sentiero di pietra a spirale e avevano raggiunto il suolo. Laggiù le torri di fango, grandiose come grattacieli, svettavano fino al soffitto immerso nella foschia. L'aria era umida e calda, densa come fiato. Quell'appartamento metteva i brividi a ogni passo. Era tutto un muoversi e oscillare di ragnatele, o frullare d'ali.

«Cosa?» chiese Diana. «Che cosa non avevi capito?» Per tutta la discesa aveva tenuto la mano sopra l'elsa della spada, pronta a usarla.

Timo non rispose subito, e guardò Olimpia e Leo. «Mi dispiace» aggiunse. «Ho sempre creduto che avere un dono fosse la cosa più incredibile e divertente al mondo. Non avevo capito quanto fosse rischioso considerarlo un gioco.»

Olimpia e Leo rimasero in silenzio. Era strano parlare a un formichiere che portava in groppa un soldatino, Timo se ne rendeva conto, ma era stata soltanto colpa sua. «Giuro che vi tirerò fuori da questo casino.» Era tutto ciò che poteva promettere in quel momento. Si passò una mano sul ciuffo di capelli neri, turbato dalle sue stesse parole. Era difficile ammettere di avere sbagliato. *Ci vuole coraggio a chiedere scusa, e altrettanto per smettere di giustificarsi.* Timo lo aveva capito, alla fine. *Ma è il modo migliore per guardare in faccia la realtà e sentirsi un po' più veri.*

Si augurò di poterlo fare anche con i propri genitori.

***

«Di qua» disse Timo dopo qualche ora, imboccando un sentiero deserto. Era invaso da un tappeto di foglie in decomposizione che si snodava fra maestosi pinnacoli di fango. Dei vermi erano al lavoro per innalzare quelle torri fino al cielo.

A forza di camminare, raggiunsero di buon passo una landa invasa dalla nebbia. C'era un fetore pungente di legna umida e di radici sprofondate in acque torbide e paludose. I pinnacoli di fango erano centinaia e tutti disposti in cerchio attorno a quella pianura limacciosa, invasa da un acquitrino nero.

Si decisero ad attraversarlo, percorrendo i sentieri e le isole che si riuscivano a intravedere in mezzo al vasto pantano. Erano punteggiate di giunchi enormi e funghi alti come case.

«Quello che cos'è?» chiese a un certo punto Leo, indicando qualcosa con una zampa.

Diana impallidì di colpo. «Sembra un gigantesco nido... o un alveare!» Galleggiava in mezzo alla nebbia ed era fatto di fango e paglia e foglie masticate. «Teniamo gli occhi aperti» aggiunse. «Dobbiamo trovare le scale e la porta del quarto piano.»

«E se non ci fossero?» saltò su Olimpia.

Timo scosse la testa. «Ci devono *esser...*» L'espressione sul suo viso fece bloccare gli altri. C'era stato un suono umido, come di acqua increspata, e subito dopo arrivò un fetore terribile. Qualcosa stava in agguato nell'acquitrino, alle loro spalle. Timo si voltò con estrema lentezza e tutte le parole gli restarono intrappolate in gola.

La creatura emerse dal fondo dell'acquitrino senza mai emettere un suono. Era un ragno ripugnante, dal ventre nero enorme, coperto di minacciose striature rosse. Timo restò senza fiato. Gli altri si voltarono per capire cosa avesse visto, e Diana trovò la voce per spezzare quel silenzio da incubo: «Madama Pungiglione!» le sfuggì dalle labbra.

L'inquilina del quinto piano si avvicinò lentissima tra la foschia, con un sordo ticchettio di zampe. *Tante, troppe zampe...* L'anziana signora si era trasformata in una regina mostruosa, con dieci arti e il corpo molle coperto da una soffice peluria. Il muso ricordava in effetti il viso della loro condomina, a eccezione dei molti occhi neri e delle zanne a tenaglia, che rammentavano la più orribile e colossale delle tarantole.

Timo alzò le mani e provò a parlarle, ma lei non gliene diede il tempo. La vide scattare in mezzo alla nebbia con una rapidità incredibile. Madama Pungiglione afferrò Leo e lo avvolse in un batter d'occhio in un bozzolo di ragnatela fittissima. «Aiuto... Timo, *nooo!*» si udirono le urla ovattate di suo fratello, mentre Madama Pungiglione si allontanava di corsa. Si arrampicò lungo un filo di ragnatela verso l'alveare che svettava proprio in cima alle loro teste. Doveva essere il suo nascondiglio.

«Leo!» Diana sfoderò la spada per tranciare il filo, ma era già troppo tardi. Le sue grida si persero dentro il cielo nebbioso sopra di loro.

«Che cosa facciamo ora?» urlò Olimpia. «Timo, come lo salviamo?»

«Io... non lo so» ammise Timo, sconsolato.

Fu Diana a scorgere qualcosa in mezzo alla nebbia, e i suoi occhi s'infiammarono, accesi da un'intuizione. «Venite, presto!»

Si mise a correre senza aspettarli, e Timo e Olimpia furono costretti a inseguirla in mezzo al fango e a quegli stagni fetidi.

***

Su un isolotto, sotto l'alveare, stavano tre enormi, pacifici coleotteri dalle cuticole verdi, lucide come specchi. Si stavano cibando dei cappelli di alcuni grossi funghi, masticando lenti.

Timo trattenne il fiato per la sorpresa. «Ma queste sono...»

«Lady Marion, Lady Agatha e Lady Margaret!» gli ricordò Diana. I coleotteri giganti la riconobbero subito e le antenne tremolarono di gioia. Diana si avvicinò a Lady Marion e le saltò in groppa, fra testa e ali, tenendosi alle antenne lunghe come pali.

«Coraggio,» esortò gli altri «in sella!»

Timo e Olimpia esitarono, fissandola come se fosse impazzita.

«Che vi prende?» Diana agitò la spada. «Volete salvare Leo o no? Salite, altrimenti non ce la faremo!»

Aveva ragione. Timo prese in braccio il formichiere e salì a cavalcioni del coleottero, aggrappandosi alle spalle di Diana. Con un colpo di tacco, la ragazza fece spiccare il volo a Lady Marion. Le ali del coleottero ronzarono un paio di volte nella foschia prima che l'insetto si staccasse da terra. Pochi attimi dopo, sfrecciavano rapidi in aria.

«Oddio, tienimi!» gridò Olimpia a suo fratello. «Andremo a sbattere, Timo!»

«Fidatevi di me» li rassicurò Diana. Impugnando le antenne del coleottero, gli fece alzare la testa così da riuscire a salire di quota. «Ecco, guardate!»

Leo era proprio davanti a loro. Stava per raggiungere l'ingresso dell'alveare, dove milioni d'insetti sembravano attenderlo, pronti per il banchetto. Era un nido colmo di creature vive e brulicanti.

«Diana, rallenta!» gridò Timo impaurito. «No, frena!»

Lei però non aveva nessunissima idea di come fare. Il coleottero andò a sbattere a massima velocità contro la regina dell'alveare, che teneva il bozzolo contenente Leo fra le zampe. Ci fu un caotico frullare d'ali e un furioso sbatter di zampe. Seguì uno scontro volante a mezz'aria, con le mandibole rabbiose di Madama Pungiglione che si spalancavano su di loro. Diana le teneva a distanza con la spada di cristallo. Cercò di colpirla, finché Leo non sfuggì alla presa del ragno e cadde di sotto.

«Olimpia!» gridò Timo, ma sua sorella aveva già capito: tese una zampa e usò il suo potere, e di colpo Leo smise di precipitare. Prese invece a volare a mezz'aria. «Ce l'ho» disse il formichiere. «Diana, andiamo via!»

Il coleottero virò, allontanandosi da Madama Pungiglione, che spalancò le fauci disperandosi, aggrappata al filo di ragnatela.

Dall'alveare giunse un frastuono, un ronzio veramente assordante. Erano bocche e ali in movimento. *Fame*, parevano dire. *Bramiamo la carne.*

Strappare. Sbranare. Squartare.

Carne viva...

23

IN CUI SI SFUGGE A UNA NIDIATA D'INSETTI, E SI LOTTA PER LA PROPRIA VITA

Timo lo aveva visto una volta sola, nel giardino del condominio. Un corteo di formiche volanti era uscito dal nido, con le lunghe ali trasparenti, e aveva preso il volo verso il cielo all'imbrunire. Era stato magnifico vedere migliaia di ali sottili brillare traslucide sotto il sole al tramonto, rosso come fuoco liquido.

Fu la stessa cosa anche quel giorno, al quinto piano. Dall'alveare scesero ronzando milioni d'insetti che spiccarono il volo; ma non ci fu nulla di magnifico, soltanto un ronzio selvaggio e una voce roca nell'aria che voleva cibo fresco da catturare.

«Diana, fa' presto!» l'esortò Timo, afferrando al volo suo fratello. L'aiutò a liberarsi intanto che il coleottero gigante s'impennava per sfuggire dagli inseguitori. «Leo, stai bene? Ti ha ferito?» Aveva uno squarcio nella gamba.

«Non è niente, sto bene» disse Leo, stringendosi forte al fratello.

«Guardate sotto di noi!» Il tono allarmato di Olimpia li distolse dalla ferita. Timo e Leo videro sciami d'insetti che li inseguivano. Erano come fiumi neri dalle corazze scintillanti che spalancavano le fauci in cerca di un facile pasto da acciuffare.

«Se non troviamo la via d'uscita, siamo spacciati» disse Diana.

«E dove può essere?» chiese Timo.

Davanti a loro vedeva solo torri di fango, tane, e nidi. Il cielo aveva il colore delle foglie secche e della pietra. Si guardò le dita della mano: forse, se le avesse schioccate ancora una volta... ma non ne aveva il coraggio. Sembrava che a ogni SNAP! il suo dono peggiorasse la situazione. Se solo avesse dato retta a sua madre e a suo padre. Quel pensiero gli punse il cuore con rammarico e dolore.

Olimpia lo stava fissando, con il naso sottile e la lingua lunga piegata all'ingiù. «Se è necessario per salvarci, dovrai farlo» gli disse, come se gli avesse letto nel pensiero.

«E se vi mettessi in pericolo?»

«Più di così?!» sbottò.

Ha ragione, considerò Timo. Li aveva già messi in gravissimo pericolo. Però aveva paura di usare quel suo talento. Temeva che fosse qualcosa di più grande di lui. Anzi, ormai ne era certo. *Che strano*, si disse ancora, scuotendo la testa, *desiderare una cosa per tanto tempo, volerla con tutto te stesso, e poi renderti conto che può farti del male.*

Diana piegò le antenne del coleottero verso destra, poi verso sinistra. Aggirò un pinnacolo e poi un altro, zigzagando fra i torrioni di terra e fango. Erano finiti in un canyon alto e stretto. Lungo le pareti zampettavano cimici e zecche che saltavano verso di loro. Una cavalletta spiccò un grande balzo e riuscì ad aggrapparsi alla testa del coleottero gigante.

«Lady Marion!» urlò Diana.

Il coleottero si sbilanciò e prese a ruotare su se stesso, sempre più rapido e veloce, come una trottola impazzita. Olimpia e Leo gridarono, Diana ebbe un istante per sfilare la spada dal fodero. La lama di cristallo e l'elsa d'argento catturarono un bagliore sinistro. Tese il braccio verso la cavalletta, che non voleva mollare la presa. Con un affondo la colpì a un occhio. L'insetto lanciò uno stridio e lasciò andare il coleottero gigante.

«Attenti!» urlò Timo. Ebbe solo il tempo di stringersi a Diana e agli altri prima che si schiantassero contro una parete.

Il colpo però non fu tremendo. Il muro era fragile come la carta di riso, o come i nidi d'ape, e parve cedere sotto il peso del coleottero gigante, rivelando celle e tunnel. L'insetto li trapassò tutti fino all'ultimo, più spesso e coperto di cera.

Là rimase incagliato a mezz'aria, un po' stordito. Ci fu un attimo di silenzio totale. Timo era frastornato e aveva il fiatone. «Ci... siete?» domandò.

Giunsero alcuni "sì" un po' fiacchi.

Erano salvi, stavano bene. Subito dopo guardò oltre la sottile parete che lady Marion aveva perforato col suo lucido corpo verde. E sgranò gli occhi. Scese dalla groppa e indicò la breccia.

«Ragazzi,» disse incredulo «è il quarto piano!»

24

IN CUI SI RAGGIUNGE D'IMPROVVISO IL QUARTO PIANO, E SI HA UN INASPETTATO COLPO DI FORTUNA

Lasciarono che il coleottero gigante ritornasse al proprio appartamento. Loro quattro, invece, scesero lungo una parete dov'erano appesi astrolabi, meridiane e orologi. Era un mondo desertico spazzato da un vento caldo come un sospiro. C'erano ingranaggi e lancette disseminati fra banchi di sabbia ramata. Calanchi rocciosi s'inseguivano fino all'orizzonte.

«È la casa dell'orologiaio» osservò Diana.

Timo si sentiva a pezzi. Si era tenuto forte durante il volo e ora gambe e braccia gli dolevano. Zoppicando, raggiunse un riparo sotto un albero senza foglie, coperto da grovigli di vecchi orologi da taschino. Lì, con gli altri, si fermò a prendere fiato fissando il cielo zeppo di nuvole.

Da lassù, da qualche parte sopra la foschia, sbucavano enormi pendoli che oscillavano nel vuoto rimestando l'aria torrida. Obelischi di marmo svettavano dal suolo e lanciavano ombre sulla sabbia rovente. Timo scosse la testa e si passò una mano sulla fronte sudata. Si sentiva colpevole, sì, ma era anche colpito.

A qualche metro da loro, notò una finestra sospesa a mezz'aria, come quelle al settimo piano. Diana infilò la spada nel fodero e corse a vedere, gli altri la seguirono. Anche quella finestra dava sulla città. I lineamenti di Diana si addolcirono.

«È ancora notte,» disse «ma il buio sta iniziando a schiarire. E non ha smesso di piovere, vedete?»

Quasi come se lo avesse chiamato, un lampo infuocò il buio.

«Sì, ci stiamo mettendo troppo tempo» disse Timo. Era vero: il quarto piano, il terzo, il secondo, poi il primo. Non avrebbero mai raggiunto lo scantinato prima dell'alba.

«Forse abbiamo qualche ora...» aggiunse Olimpia.

«È tutta colpa mia» s'infuriò Timo, amareggiato. Ne era fin troppo consapevole. «Millenni di segreti ora rischiano di essere spazzati via per il mio stupido desiderio di essere... *speciale!*»

Un corvo parve ridere di lui e Timo si voltò a guardarlo. Stava appollaiato sul più alto degli obelischi, al centro di una meridiana mezza sepolta dalle dune. Poco più in là, a perdita d'occhio, c'era una distesa di clessidre fracassate in mezzo al deserto. Quel luogo sembrava racchiudere tutto il tempo del mondo.

«Speriamo solo di non incontrare l'orologiaio» mormorò Timo. «Non voglio vedere in cosa l'ho trasformato. Solo l'idea mi mette i brividi.»

Il corvo parve ridere ancora – *cra cra cra* – poi aprì le ali e spiccò il volo sopra le loro teste. Fece un paio di giri in cerchio.

«Ma ce l'ha con noi?» chiese Leo con gli occhi rivolti al cielo.

«Pare proprio di sì.» Diana mise una mano sull'elsa della spada.

Il corvo aveva uno sguardo intelligente e occhi di un bianco traslucido che in natura non avrebbe avuto. Sembrava cieco, ma non lo era. Timo per un istante fu certo che lo stesse chiamando, e gli tornarono alla mente le vecchie storie di nonna Lucina. Un attimo dopo planò su di lui, ma non gli fece nulla. Si rialzò in volo.

«Sembra quasi che voglia attirare la nostra attenzione, no?» Quando Timo lo disse, il corvo prese a sbattere le ali e poi volò verso il deserto, diretto da qualche parte nella valle invasa dalle clessidre.

Olimpia sbuffò dal naso a proboscide. «Io non mi fido.»

«Neppure io» aggiunse Diana. «E se fosse un'altra trappola?»

«E che alternativa abbiamo?» ribatté Timo, guardandosi intorno. «Non c'è niente qui.»

Era una landa desolata spazzata dal vento e coperta da mille arnesi che servivano solo a misurare il tempo. Il vento ruvido e la sabbia calda li stavano arrugginendo sotto le dune. Timo avvertiva un ticchettio picchiargli nelle ossa: ogni istante che passava era uno in meno per la salvezza.

«Proviamo a capire cosa vuole da noi, okay? Forse può indicarci una via d'uscita.»

Anche se a malincuore, gli altri lo seguirono.

***

Percorsero una via di pietra in quel mondo solitario, dove echeggiava solo il richiamo del corvo. L'uccello volava sotto nuvole bianche. Le sue piume di tanto in tanto brillavano di riflessi rossi, verdi o blu. Arrivarono nella valle delle clessidre. Ce n'erano milioni e di tutte le dimensioni. Spargevano la loro sabbia ramata nel deserto e la luce catturava qualche riflesso dorato.

«Avete visto? Non c'è anima viva» disse Diana con la spada in pugno. «Non si sente più nulla, tranne il tempo che scorre.»

Timo annuì e il corvo d'un tratto planò giù dal cielo.

«Seguiamolo!» esclamò. Si mise a correre mettendo Leo in tasca, seguito da Diana e Olimpia. Risalirono a fatica una duna provando a non scivolare. Lassù Timo s'immobilizzò con gli occhi sgranati. Fu Diana la prima a raggiungerlo, si fermò accanto a lui e lo fissò. «Che hai?» volle sapere. «Che cosa hai visto adesso?»

Timo tacque. Indicò davanti a sé, in mezzo alla valle. C'era un'oasi con delle palme che ondeggiavano al vento e una sorgente di acqua trasparente: ma c'era anche dell'altro incagliato fra la sabbia ramata.

«È quello che credo io?» domandò Timo. «È proprio… un ascensore?»

«È l'ascensore del nostro condominio!» lo riconobbe Leo.

Il corvo si posò là sopra e prese ad aprire e chiudere le ali nere. Poi gracchiò ancora quella sua risata rauca. *Cra cra cra*.

«Tutta questa strada per niente» commentò Olimpia, delusa.

«Ma non lo capisci?» le disse Timo. «Le scale, le porte, le finestre. In un modo o nell'altro sono rimaste *reali*. Hanno mantenuto la loro funzione. Il mio potere non le ha trasformate.»

«È vero» ammise Diana. Anche Leo annuì.

Soltanto Olimpia parve non capire. «E con questo?»

«Se sono rimaste com'erano, allora, forse...»

Sua sorella infine s'illuminò. «Oh, credi che...»

Tutti si voltarono a studiare l'ascensore. La luce brillava sulle finiture placcate e sulle ante di vetro smerigliato con una promessa.

Timo, tutto d'un tratto, sorrise. «Non ci resta che scoprirlo, no?»

25

IN CUI SI SALE A BORDO DELL'ASCENSORE, E POI SI SCENDE, SI SCENDE, SI SCENDE...

T*lin-tlon.* Timo aveva premuto il pulsante d'apertura delle porte. Il corvo spiccò il volo e s'involò via, come spaventato da quel suono.

«È lui,» disse Timo «è proprio lui.» Infilò dentro la testa e squadrò l'interno del loro vecchio ascensore. «C'è solo un po' di sabbia, ma non ho dubbi.»

«Guarda, ci sono anche i disegni che ho fatto io col pennarello!» esclamò Leo indicandoli.

Timo abbassò lo sguardo e vide gli schizzi fatti con l'indelebile nero, nell'angolo in basso a sinistra. Quindi entrò nella cabina e prese una decisione. «Tutti a bordo, si scende.»

Diana e Olimpia si scambiarono un'occhiata perplessa, senza muoversi. Perfino Leo non era convinto, e non lo seguì.

«È la nostra sola occasione» spiegò Timo. «Se ci ho visto giusto, il mio potere ha mutato gli appartamenti, ma non il modo per raggiungerli. Quindi, se l'ipotesi è corretta, l'ascensore partirà.»

Olimpia fece un bizzarro grugnito nasale. «Ci sono troppi "se" in questo ragionamento, e io ne ho pure degli altri: e se fosse una trappola? Se fosse pericoloso? E se non partisse?»

Timo alzò gli occhi al cielo e si passò una mano fra i capelli. «Non ci resta che scoprirlo, no?»

Alla fine, anche se con un po' di resistenza, salirono tutti sull'ascensore. Era inclinato su un lato, conficcato nella sabbia, e non era semplice mantenere l'equilibrio.

«Ci siete?» domandò Timo con il dito pronto a premere il pulsante con lo 0. «Dita incrociate, si scende al piano terra!» esclamò, pigiandolo.

Ci fu uno scossone che strappò a tutti un grido. L'ascensore parve scrollarsi di dosso la sabbia. Si mise diritto in cima alla duna in cui era conficcato, e le porte si chiusero.

Tlin-tlon.

***

L'aria che si respirava dentro la gabbia di ferro e vetro era rovente, odorava di chiuso e di metallo scaldato dal sole. «Timo, ma siamo proprio sicuri che...» provò a dire Diana. Subito dopo, però, l'ascensore si mise a ruotare in mezzo alla sabbia.

«Oh, mi gira tutto!» sbottò Leo.

«State calmi...» li esortò Timo, tenendosi alle pareti di vetro. L'ascensore sembrava una trivella e ben presto la sabbia arrivò fino a metà della cabina, e poi ancora più su, fino in cima.

Dentro fu di colpo buio. Si udivano solo il frastuono di sabbia frullata e il rumore dei loro respiri. L'odore della paura colmava l'aria. Ci fu un altro scossone e qualcosa parve cedere sotto la duna: si era formato come un enorme cratere. «Guardate!» indicò Olimpia, che era la più vicina al pavimento. «Stiamo sbucando da qualche parte...»

«Funziona!» urlò Timo. Iniziarono a saltare tutti assieme nell'ascensore e ad abbracciarsi, mentre si ritrovavano a fluttuare in mezzo a un cielo sterminato, dello stesso colore delle pagine dei libri ingialliti. Tutt'attorno cadeva una leggera pioggia d'inchiostro. Bagnava la carta che ammantava il suolo, i libri ammassati, le riviste e gli opuscoli ammucchiati là sotto.

«Ma questo è il terzo piano!» esultò Diana. «È la casa dei coniugi Leggivendoli.»

Diana aveva ragione. Timo premette la fronte contro il vetro tiepido. Sotto quella pioggia d'inchiostro e carta, c'erano librerie smisurate che correvano a perdita d'occhio in tutte le direzioni. Foreste e boschi di libri impilati.

L'ascensore galleggiante ruotò a mezz'aria e andò a sbattere contro una di quelle colonne. Un mare di spartiti musicali franò assieme a dei tarocchi e a pile di vecchie riviste da collezione. Solo allora Timo li notò. «Li vedete anche voi?» chiese, indicando in basso.

C'erano dei corvi. Erano decine e se ne stavano appollaiati sulle librerie: a leggere. Sfogliavano i libri. Li fissavano con quei larghi occhi bianchi che parevano ciechi.

«Da dove saranno saltati fuori?» domandò Leo, con la faccia spalmata contro il vetro e gli occhi che guardavano in due direzioni diverse.

Olimpia inorridì. «Leo, piantala, fai impressione!» lo sgridò.

Poi ci fu un altro scossone e l'ascensore, che fino a quel momento aveva marciato verso il basso, si mosse di lato.

«Comodo» si lasciò sfuggire Timo, dopo una risatina nervosa.

Sorvolarono la foresta di fogli e testi, e raggiunsero un oceano d'inchiostro. Era spazzato da un vento pieno di pagine strappate. Storie dimenticate, forse. Parole che erano andate perdute. Su un'isola fatta di milioni di libri, sedevano due creature informi, pallide come grassi lombrichi.

Timo tremò. «Diana, ma sono loro?»

Lei annuì e basta.

I coniugi Leggivendoli s'ingozzavano voraci di libri. Li inghiottivano uno dopo l'altro senza dare loro alcun valore, senza sfogliarli o leggerli. I ragazzi non ebbero tempo di vedere altro, perché l'ascensore di colpo si fiondò contro una montagna di pagine, che si sparsero ovunque. Si udì il frastuono di carta strappata e un altro, tremendo scossone.

Cascarono tutti sul pavimento.

E sotto di loro apparve un nuovo piano.

***

La luce cambiò e si fece fumosa come una notte in pieno inverno, ma senza luna e priva di stelle. Si ritrovarono di colpo al secondo piano. Era un mondo buio e caliginoso pieno di tubature, condotti fognari gocciolanti e grotte scavate nella pietra.

Leo si strinse forte a Timo. «Non mi piace qui.»

«Neanche a me» ammise lui.

Il cielo era attraversato da riccioli di fumo bianco e bolle piene di vapori che esalavano una puzza nauseabonda. Si posavano sulle tubature e nelle grotte, dove degli squittii si ripetevano con l'eco. *Eccoli s-qui,* dicevano quelle voci sottili. Parlavano davvero, o così sembrò a Timo. *Eccoli s-qui. S-questi intrusi, eccoli... Sono s-quasi arrivati, eccoli sono s-qui...*

Olimpia si spaventò e arretrò in un angolo dell'ascensore, Diana invece sollevò la spada, pronta a tutto. «È la casa del disinfestatore, il signor Gas» disse.

Subito dopo si udì un graffiare d'unghie contro la pietra, sempre più forte. C'erano ovunque migliaia di corridoi e tane, e l'ascensore ci galleggiava accanto. Là dentro s'intuivano musi, denti e pellicce.

«Ci osservano» disse Diana e di colpo migliaia di occhi rossi si aprirono. Qualcosa di famelico iniziò a saltare contro l'ascensore. *Venite s-qui! Restate s-qui!* Erano ratti mostruosi come non se ne erano mai visti, grandi come cani, ma con qualcosa di umano. Saltarono sull'ascensore, si aggrapparono alle porte rosicchiando il metallo e la placcatura dorata, graffiando i vetri.

«Vogliono entrare!» gridò Olimpia. «Romperanno il vetro!»

Leo scoppiò a piangere, mentre Diana cercava di puntare la spada contro di loro.

S-questa è la vostra casa. S-questo è il vostro condominio. State s-quiiiiit...

«State calmi!» ordinava Timo a ogni tonfo sordo contro l'ascensore. Ma l'ascensore parve rallentare la corsa strappando un battito al suo cuore. *Non ti fermare. Non ti fermare. Non lo fare!* Lo implorò.

Non lo fece; s'infilò invece in una spaccatura nella roccia e poi ci fu buio. Rimase così per parecchi minuti, tanto che nessuno di loro fiatò. Poi, di colpo, si diffuse un bagliore rossastro come di un sole vicinissimo al tramonto.

«Siamo al primo piano?» azzardò Timo con un certo timore.

Ci fu uno scossone, Leo e Olimpia strillarono, colti alla sprovvista. Stettero sospesi in mezzo alla foschia densa, e non si mossero più.

L'ascensore aveva smesso di funzionare.

26

IN CUI SI RAGGIUNGE IL TETRO PRIMO PIANO, E SI RISCHIA DI FINIRE NELLA CERA BOLLENTE

Tlin-tlon. Tlin-tlon... T-t-t-lin... T-t-tlon...

La porta dell'ascensore si era incagliata contro qualcosa. Si apriva solo di qualche centimetro.

«Ma cos'è questa robaccia?» sbottò Olimpia, fissando la sostanza appiccicosa che colava lungo la porta e le pareti. Odorava d'incenso e doveva essere parecchio calda perché, a contatto con i vetri dell'ascensore, sollevava dei riccioli di fumo.

«Sembra cera» disse Diana.

Osservando fuori dall'ascensore, Timo vide che erano finiti contro il fusto di un'enorme candela. Tutt'intorno c'era una selva di lumini, ceri e candele smisurate come vecchie sequoie bianche e pallide, simili a ossa. Gli stoppini bruciavano pigri e spargevano fumo bianco nell'aria calda.

«Avete visto cosa c'è là sotto?» chiese Leo, reggendosi a Olimpia. «Tombe» rispose subito dopo. «Un tappeto di lapidi e tombe.»

Stavano in bilico sopra un cimitero senza fine. Si respirava l'odore dei fiori avvizziti e della polvere. Il sole, immobile al tramonto, brillava sui marmi e sui monumenti come una goccia di sangue. Da terra si levava un'impalpabile nebbiolina grigia che ricordava il respiro di certe case rimaste chiuse.

«Lo sentite?» Timo inclinò la testa restando in ascolto. C'era il suono di un pianto nell'aria. Aleggiava fra le lapidi e le statue coperte di rampicanti che ritraevano angeli malinconici, teschi piangenti e scheletri dalle dita ossute puntate verso il cielo.

Diana scoccò un'occhiata a Timo. «Dovevi proprio immaginarla così, la casa del signor Beccamorto?» domandò, scuotendo la testa.

«Non è soltanto colpa mia!» sbottò Timo.

Provò a uscire per primo dall'ascensore forzando la porta di metallo, che si aprì abbastanza facilmente dopo che ebbe usato come leva la spada di Diana. Si resse alla colonna di cera. Era calda, ma non bollente, e per fortuna non si erano bloccati lontano dal suolo. Aiutò Olimpia e Leo a scendere e in pochi minuti toccarono terra.

L'odore dell'incenso era più intenso, là sotto. Muti, senza una meta, si aggirarono fra sentieri di ghiaia illuminati da file di lumini, statue di angeli ossuti e teschi orripilanti. Li fissarono per tutto il tempo in silenzio.

«Timo,» disse Olimpia, a un certo punto «se mai avremo la fortuna di tornare a casa, faremo un bel discorsetto su questi tuoi gusti macabri e la passione per i libri dell'orrore.»

«Leggo solo fumetti di supereroi» ci tenne a precisare lui, senza perdere di vista quell'infinità di tombe. Si sentiva osservato. Si voltò, ma non vide altro che foschia dietro di sé. Il bagliore tremolante delle candele di cera giocava brutti scherzi.

Un improvviso batter d'ali però lo fece trasalire.

«Eccoli anche qui.» Timo puntò un dito e uno stormo di corvi si levò in volo verso il sole al tramonto. Si gettarono dal tetto di un tempio di marmo e li sorvolarono spargendo piume nere sul cimitero.

«Che cosa gli sarà preso?» domandò Diana, con la spada sfoderata in pugno. Lo capirono poco dopo, quando ci fu un rumore molle nell'aria – uno sgocciolio – ed ebbero solo il tempo per alzare gli occhi.

«Via!» urlò Timo, tirando con sé Olimpia e Leo.

Rotolarono per terra, fra le tombe, mentre una colossale goccia di cera bollente precipitava dal cielo. Si schiantò a terra bruciando tutto ciò che trovò sul suo cammino. Invase i sentieri fra le lapidi e colò come un fiume rovente fra le statue.

Timo si alzò di scatto, atterrito. «Diana?» gridò, cercandola con gli occhi. «Diana, ci sei?»

«Qui...» si udì appena. «Sono qui!» Si era nascosta dietro una lapide, con le mani sulla testa. La cera bollente fumava raffreddandosi a contatto con l'aria. Un angelo dalle grandi ali spalancate l'aveva protetta dall'onda incandescente. C'era mancato poco. Si tirò in piedi con parte della veste azzurra rovinata dalle bruciature.

«Stai bene?» le chiese Timo.

Lei scrollò le spalle, minimizzando. «Sono ancora intera. Ma è meglio se ce ne andiamo da qui.»

«Sono d'accordo» disse Olimpia. «Ma dove può essere la porta dello scantinato?»

Leo si aggrappò alla pelliccia di sua sorella e additò un punto al centro del cimitero.

Timo si voltò. Fra le lapidi c'era qualcuno.

No, *qualcosa*...

«Posso condurvi io fino allo scantinato.»

27

IN CUI I CORVI SANNO PIÙ DI QUEL CHE SEMBRA, E SI ACCETTA L'AIUTO DI UNO SPETTRO

Sembra uno spettro, uno vero. E sta galleggiando in aria, osservò Timo.

Furono le prime cose che gli vennero in mente quando quell'essere, strano e furtivo, scivolò impalpabile come fumo su una tomba. Si fermò solo a qualche passo di distanza da loro.

Indossava un ampio mantello di velluto vermiglio come le fiamme sulle candele, e guanti di seta bianchi alle mani. Un soffice cappuccio bordato di ricami neri gli avvolgeva il capo, ma era impossibile dire cosa ci fosse là sotto, non si vedeva nulla. Emanava un odore pungente di naftalina e fango. Era come se non avesse alcun peso e un vento invisibile gli faceva svolazzare le vesti.

Ma è impossibile, rifletté ancora Timo. *Non c'è vento, qui.*

«Io conosco il punto esatto in cui si trova lo scantinato» proseguì la creatura. C'era qualcosa in quella voce che risuonava in modo orribile, come se le parole fossero state masticate troppo a lungo. Nessuno si arrischiò a rispondere e centinaia di corvi volteggiarono in cielo. *Cra, cra, cra.* «Non date retta ai corvi» mormorò lo spettro scarlatto, avvicinandosi. «Loro aspettano.»

«Che cosa?» Timo quasi si sorprese nell'udire la propria voce porre quella domanda. Dove aveva trovato il coraggio di farla?

Diana gli afferrò un braccio e lo tirò a sé per allontanarlo dallo spettro. «Non mi piace, Timo» sussurrò, tenendolo d'occhio. «C'è qualcosa di troppo strano in lui. Hai capito chi è, vero?»

«Il signor Beccamorto» sussurrò a sua volta Timo. Era chiaro che il suo schiocco di dita aveva cambiato anche lui come aveva fatto con tutti gli altri abitanti del condominio. Lo aveva mutato in un essere fluttuante e impalpabile simile a un fantasma.

«Andiamocene via. ORA.» Olimpia scandì l'ultima parola.

«Non possiamo» le disse Timo.

«Cosa?!» Olimpia e Diana lo fissarono esterrefatte.

Timo non era sicuro di poter fare a meno dell'aiuto dello spettro. Il tempo a loro disposizione era troppo poco. «C'è una cosa che non vi ho detto, ragazzi... Io credo di sapere cos'è successo a mamma e papà. Credo di aver fatto una cosa *sbagliata.*» Li fissò serio, e stava per aggiungere qualcosa, quando la risata dello spettro lo distrasse.

Timo cercò i suoi occhi sotto il cappuccio scarlatto, calato sul viso. Erano simili a due fiammelle accese, disperse in mezzo al buio. «I corvi sanno» rivelò l'essere, aprendo le braccia. «Sanno tutto.»

«Cosa?» gridò Timo. «Che cosa sanno? Me lo vuoi dire o no?»

«Attendono l'arrivo di chi regna sui corvi. Ali nere, occhi fondi, voce di pioggia. Attendono i figli del Re Corvo, *loro due.*»

Timo impallidì: era proprio ciò che temeva. La sua paura più grande. Alla fine, fu costretto a prendere una decisione difficile. «Allora facci strada.»

Vide Olimpia e Leo sussultare. Persino Diana – che non aveva la più pallida idea di chi fosse il Re Corvo, né di quali paure scatenasse quel nome in lui e nei suoi fratelli – scosse la testa pregandolo di ripensarci. «Timo, è un errore» provò a dirgli.

«Dobbiamo farlo» tagliò corto lui.

«Da questa parte, allora.» Lo spettro indicò un sentiero di ghiaia dietro un tempietto di marmo. «Ci sarà da camminare un po'.»

«Cosa? Sei impazzito?» Diana lo tirò per un braccio e lo fece voltare. «Non possiamo fidarci di quell'essere, non vedi?»

«Non sono impazzito» mormorò Timo. «Ora, però, dobbiamo riuscire a trovare quella cavolo di porta, e tu hai un compito.»

Diana corrugò la fronte e poi scosse la testa. «Che compito?»

«Quello di proteggere Leo e Olimpia» rispose lui. «Non mi fido dello spettro, è ovvio, ma non abbiamo scelta. Hai visto questo posto? È un labirinto di tombe in cui perdersi. Ci serve una guida, ma teniamo gli occhi aperti.»

Diana non era per niente d'accordo, però fu costretta a cedere. Portò una mano all'elsa della spada e squadrò lo spettro scarlatto. «Facci strada» l'esortò, senza abbassare mai lo sguardo. Lo tenne dritto in quello lucente dello spettro. «Ma non farci scherzi,» e levò la spada «o proverai questa.»

L'essere sembrò ridacchiare, viscido, e additò il sentiero. «Seguitemi.»

I corvi sfrecciarono in quella direzione sorvolando il mare di tombe e lapidi, perdendosi fra le colossali candele come in un bosco in fiamme.

Erano diretti verso il sole al crepuscolo.

28

IN CUI SI RAGGIUNGE LA PORTA DELLO SCANTINATO E SI SCOPRE UNA BRUCIANTE VERITÀ...

In quell'angolo del cimitero le tombe erano molto più antiche e fatte di friabile pietra scura, non di marmo. Dal cielo piovevano stille di fuoco e gocce di cera che potevano ferire o uccidere. Timo, alla fine, si era convinto della sua scelta: senza la guida dello spettro scarlatto avrebbero vagato per giorni in quel mondo oscuro. *Giorni che non abbiamo,* ricordò a se stesso. Di tanto in tanto lanciava un'occhiata allo spettro. Gli aleggiava accanto senza parlare. Si chiese se il signor Beccamorto si ricordasse anche della sua vita passata. Se avesse memoria di chi era stato. Forse no, ma chi poteva dirlo?

«Ci vuole molto?» gli domandò per rompere il silenzio.

«Non molto.» Era di poche parole; lo era sempre stato.

«Quanto?» insisté Timo.

«Ci siamo quasi, ecco.» Tese un dito ossuto davanti a sé e Timo seguì con lo sguardo il gesto. Erano tutti provati dalla fatica, ma rimasero a bocca aperta quando videro il luogo in cui li aveva portati lo spettro. Là davanti si ergevano vaste tombe monumentali. Erano state scolpite in una parete di roccia color ruggine che svettava fino al cielo. Di tanto in tanto, in mezzo alle tombe, dentro a delle nicchie, si vedevano candele e ceri bruciare lenti e spargere fumo rosso nell'aria.

«Il respiro dei morti» mormorò lo spettro scarlatto, e poi rise.

Timo sentì di colpo accapponarsi la pelle. «Dove ci hai portati?»

Lo spettro sospirò e indicò un punto sulla parete di roccia. «Dove mi hai chiesto.»

Il ragazzo aguzzò la vista e il suo cuore palpitò.

«Ecco la porta dello scantinato, ma sii cauto» aggiunse lo spettro.

Timo però aveva smesso di ascoltarlo. Era solo sollevato all'idea di averlo trovato, finalmente. «Ragazzi, ci siamo!» Aggirarono una tomba sporca di fuliggine. Gli occhi di un corvo ossuto, appollaiato sopra la brutta statua di uno scheletro, li seguirono con molta attenzione.

La porta dello scantinato si trovava incastonata dentro la roccia, fra centinaia di moccoli di candela. Era la stessa e identica porta di metallo arrugginito. Sopra, molto più in alto, c'erano due finestre di vetro da cui la città si intuiva appena. Aveva smesso di piovere e il cielo era di un blu cobalto.

E adesso? si domandò Timo con il cuore in gola. *Ora devo dirlo a tutti, quello che ho fatto.* Abbassò lo sguardo, senza riuscirci. Si sentì osservato e notò che tutti i corvi di quel mondo stavano atterrando lì attorno, sembravano esser-si dati appuntamento. Fissavano lui soltanto e saltellavano impazienti. Volevano qualcosa da Timo. Non gracchiavano, stavano muti, e questo gli mise ancora più paura.

«Che cosa staranno aspettando?» chiese Diana agli altri. Leo e Olimpia alzarono le spalle.

«Forse che tu apra quella porta?» domandò lo spettro a Timo. L'essere fluttuante indicò poi Diana, Olimpia e Leo. «Baderò io a tutti e tre. Possono sedersi qui mentre tu vai a vedere.» Timo vide una panca di marmo vicino a una brutta lapide scolpita. C'erano dei rovi intrecciati e un cespuglio di rose appassite.

Lui non voleva certo lasciarli, ma lo spettro parve irritar-si. «Non ti fidi di me?» chiese. «Neanche adesso? Non vi ho forse portati sani e salvi fino all'ingresso dello scantinato?» Iniziò a gonfiarsi nel dirlo, levandosi a mezz'aria come se ci fosse un vento di tempesta. «Non sei stato *tu* la causa di questo pandemonio?» Sì, su questo aveva ragione. Era stata solo colpa sua.

Timo allora cedette. «Fate come dice. Io vado a vedere.»

Diana l'abbracciò. «Stai attento, eh?»

«Sicuro.»

«Baderò io ai tuoi fratelli» lo rassicurò. Poi Diana andò a sedersi sulla panca di marmo, accanto al formichiere e al soldatino. Nessuno riusciva a staccare gli occhi da Timo.

«Farò presto» disse soltanto. Si fece coraggio e mosse un passo per raggiungere la porta dello scantinato. Non ne fece un altro.

TUM! TUM!

Qualcosa aveva preso a picchiare contro la porta arrugginita, dall'altra parte. Timo sobbalzò e lo spettro scivolò dietro di lui. «Che cosa succede?» balbettò.

Lo spettro rise. «Loro sono impazienti.»

Timo si voltò e sotto il cappuccio vide le pupille che ardevano come stelle.

«Chi?» osò chiedere, ma sapeva già la risposta a quella domanda.

«Mamma e papà. Sì, proprio loro.» Lo spettro posò le mani bollenti sulle spalle di Timo. «Oh, so bene in cosa li hai tramutati e non ti permetterò di liberarli. Hai fatto un errore, ragazzo, a fidarti di me. Qui comando soltanto io, e nessun altro!»

Timo cercò di liberarsi dalle mani incandescenti, scansando lo spettro. Il frastuono si fece assordante, e nell'aria si levarono anche le grida di Diana, Olimpia e Leo. Stavano affondando nella panca di marmo. Era diventata molle come cera liquefatta.

«Timo, scappa!» Diana ebbe solo il tempo di urlare quelle parole. Lui rimase a bocca aperta e scosse la testa, un istante prima che lo spettro scarlatto abbassasse il cappuccio e rivelasse il suo vero volto.

29

IN CUI SI COMBATTE LO SPETTRO DELLE TOMBE, E SI SCOPRE L'OSCURO SEGRETO DI TIMO

I corvi furono i primi a fuggire e il cielo si fece nero come il colore delle loro ali. Piovevano piume scure e lucide fra lacrime di cera bianca. Timo non riusciva a staccare gli occhi dal viso mostruoso dello spettro scarlatto. Si era sbagliato. Non aveva capito nulla. Sulle mani non indossava guanti bianchi: non era stoffa, quella, ma cera. Anche il volto era di cera molle e colava lungo il collo esile e pieno di solchi scuri. La bocca, spalancata e senza denti, era appiccicosa e fonda.

Timo inciampò nei suoi stessi passi e cadde a terra. Indietreggiò mentre lo spettro gli aleggiava sopra, ridendo con quelle labbra simili a uno squarcio pallido e senza forma, proprio come naso e occhi.

«Scappa, Timo!» urlò Diana.

Ci provò, ma finì in un cespuglio di rovi che gli intrappolò il cappuccio. Lo spettro scarlatto spalancò le braccia e il mantello si allargò nel vento.

«Sciocchi, voi non ve ne andrete più da qui» decretò lo spettro. «Resterete con me in questo cimitero, per sempre. Non si può scappare da questa terra di ombre e fiamme.» Tese una mano per afferrare Timo e la cera bollente colò sul braccio del ragazzo, strappandogli un grido. Bruciava! Con un calcio Timo riuscì a districarsi dai rovi e a rotolare via, fra la ghiaia e le lapidi. Si tirò in piedi e corse fino alla panchina dove stavano gli altri.

«Presto, Timo!» Olimpia aveva le zampe immerse nella sostanza collosa, e Leo era messo anche peggio: metà del suo corpo era affondata nell'impiastro biancastro e viscido. Diana aveva le gambe immobilizzate ma cercava di liberarsi usando la propria spada come fosse una spatola, senza successo.

Timo provò a tirare suo fratello per una mano, temendo di strappargliela via. «Non ci riesco!» disse, disperato.

Lo spettro fu sopra di loro. Il volto colava lacrime infuocate e una risata folle gli squassò il corpo.

«Attento!» Diana spinse a terra Timo appena prima che le mani bollenti dello spettro si scagliassero contro di lui. Timo indietreggiò sui gomiti: avrebbe potuto fare una fine orrenda.

«È inutile combattere» disse lo spettro con un rantolo. «Questa è casa vostra e vivrete qui in eterno.»

«Scordatelo!» gridò Timo.

Si tirò su in piedi e lo spettro si voltò ad affrontarlo, dando le spalle a Diana. Lei ebbe giusto il tempo per sollevare la spada di cristallo. «Timo, prendila!» gli urlò, e la lanciò in aria. Lui l'afferrò al volo e si gettò contro lo spettro brandendo l'arma dal basso verso l'alto, tranciando un braccio alla creatura fatta di cera.

Lo spettro scarlatto indietreggiò ululando di rabbia. Si strinse dentro il mantello e i suoi occhi brillarono per la collera. Ma nemmeno questo bastò a fermarlo. Con orrore, Timo vide il braccio ricrescergli.

«Stai solo rimandando l'inevitabile» disse lo spettro, gelido.

Timo era sfinito, aveva la fronte sudata e il petto scosso dai battiti impazziti del suo cuore. Faceva caldo, là sotto, e grosse gocce di cera bollente continuavano a precipitare giù dal cielo. Doveva esserci un modo per fermare quella creatura. *Ragiona. Rifletti. Pensa. Ci deve essere...*

Lo spettro si gettò a braccia spalancate su di lui. Travolse una lapide e la fece esplodere mandandola in mille pezzi. Timo si coprì la testa con le mani per ripararsi dai frammenti di pietra che volavano dappertutto, poi si rialzò per mettersi a correre nel labirinto di tombe. Raggiunse le rive di un piccolo lago di cera fusa che si trovava ai piedi di una selva di enormi moccoli ardenti. Le fiammelle, però, gli sbarrarono la strada. Non c'erano altre vie di fuga.

Lo spettro aleggiò sulla pozza. «È giunta la fine» gli disse. «Starai bene qui con me.»

Timo fece un passo indietro con la spada che tremava. «Ho ancora questa!» ringhiò, levando la lama di cristallo. Una goccia enorme di cera fusa cadde dal cielo e si schiantò a terra sollevando uno schizzo. Timo rotolò via per non esserne travolto.

«La spada sarà tua ancora per poco» lo minacciò lo spettro. Timo sentì il terrore scoppiargli nel cuore. Era tutta colpa sua, soltanto sua. Un'altra goccia gigantesca cadde nel lago alzando onde incandescenti.

Timo di colpo smise di tremare. *Certo, ma che stupido!* Guardò in alto, scostandosi con un gesto i capelli fradici appiccicati alla fronte. *Il caldo. Mi basta il caldo.* Prese un respiro e si fece coraggio, cercando di mettere in fila le idee. Aveva un piano. Era folle, certo, ma poteva funzionare. Si assicurò solo di avere alle spalle la foresta di moccoli con gli stoppini fiammeggianti.

«Se sei tanto sicuro d'avermi in pugno,» gridò Timo «fatti sotto!» Poi levò la spada davanti al viso e sfidò lo spettro scarlatto. «Sono arrivato fin qui e non ho certo paura di quello che mi aspetta!»

Le fauci bianche e collose della creatura si piegarono in un sorriso sghembo, poi lo spettro spalancò le braccia smorte e si lanciò verso di lui, sorvolando il lago di cera. *Resta fermo*, si disse Timo. *Non ora. Non ora. Non ora... Adesso!*

Si gettò di lato e lo spettro precipitò dritto in mezzo alle fiamme proprio alle sue spalle. Ci furono un crepitio appiccicoso e poi un suono molle. Lo spettro all'inizio nemmeno se ne accorse, ma il calore delle candele e dell'aria bollente erano una specie di trappola. La creatura cominciò a liquefarsi, iniziando dalle mani.

Timo sollevò la spada di cristallo. La tenne fra sé e lo spettro di cera, che prese a urlare di rabbia. Più lottava per ricomporsi, più velocemente il suo corpo di cera si scioglieva. Le braccia sparirono quasi subito; poi prese fuoco la veste di velluto. Timo ascoltò le sue ultime parole, prima di vederlo colare dentro il lago bollente.

«Pensi di avere vinto?» gorgogliò lo spettro. «Non è così! Loro sono ancora là dentro, e aspettano. *Ti aspettano*, ragazzo.»

Timo voltò le spalle allo spettro e smise di ascoltarlo. Tornò di corsa da Olimpia, Leo e Diana. Erano ancora alle prese con la panca, che li stava inglobando pian piano.

«Timo, sei vivo!» gridò Leo. Aveva soltanto la testa libera, mentre il resto del corpo era interamente sprofondato. Timo tentò in ogni modo di tirarlo fuori, ma senza successo.

TUM! TUM!

«La porta, Timo! Corri alla porta!» l'incitò Olimpia. «Devi liberare mamma e papà. Loro sapranno come aiutarci.»

Timo esitò, fissandosi le mani. La spada gli tremava in pugno.

«Non sei sicuro di ciò che troverai, vero?» Fu Diana a dirlo, ma Timo non rispose. «No, non è questo che ti spaventa» continuò Diana, cercando i suoi occhi. «Che stupida sono. Proprio io che ho sempre creduto di leggerti bene dentro, non ho capito che cosa ci nascondevi. Tu sai già in cosa li hai tramutati, ma non vuoi dircelo, giusto?»

Timo si vergognò come un ladro. Ora lo fissavano tutti e lui fu costretto ad annuire.

Olimpia rabbrividì. «Che cosa hai fatto a mamma e papà?»

«Qualcosa di orribile» ebbe la forza di rispondere lui. «Ma io... non volevo.»

Cercò la porta arrugginita dello scantinato. Là sopra i corvi volavano in cerchio. Aspettavano che lui si decidesse ad aprirla. Timo aveva paura. Tanta. Ma sapeva una cosa: che non poteva farcela da solo. Non poteva salvare Olimpia, Leo e Diana. Perciò non gli restava che affrontare i suoi genitori.

Fissò la porta dello scantinato.

TUM! TUM!

30

IN CUI SI SPALANCA LA PORTA DELLO SCANTINATO... E SI FA UN'ULTIMA VOLTA SNAP!

Timo si arrampicò sulla parete di pietra rossa. Era così affilata che ci si poteva tagliare il palmo delle mani se non si stava attenti. I corvi lo fissavano concentrati e muti, saltellando sulle rocce.

La salita non durò molto, le nicchie nella pietra gli resero facile il tragitto. Ogni suo gesto era accompagnato da quel rumore sordo. *TUM! TUM!* Sempre più forte. Sempre più cupo. A ogni colpo, polvere e ruggine cadevano dall'anta di ferro.

La porta si era incurvata, piena di ammaccature per i colpi che venivano inferti dall'altra parte: *qualcuno* non vedeva l'ora di uscire. Timo raggiunse la rientranza nella pietra davanti alla porta. Prese un respiro e sperò con tutto se stesso di essersi sbagliato, di aver interpretato male ciò che temeva di aver fatto.

Si fece coraggio, sollevò la spada e la calò con forza sul lucchetto che sbarrava la porta. La serratura spezzata cadde nella polvere.

TUM.

Il boato smise di riempire l'aria e i corvi planarono sulle tombe. Timo posò una mano sulla maniglia arrugginita; nell'altra stringeva la spada tremolante, non riusciva a tenerla ferma. Fu quel tremolio incontrollato ad aiutarlo a spingere verso il basso la maniglia. La porta si aprì verso un interno buio e silenzioso. Timo rabbrividì. Non vide niente. Solo un'oscurità eterna. Staccò da una nicchia lì vicino un mozzicone di candela, spinse il braccio nel buio e abbassò lo sguardo. Vide degli enormi scalini intagliati. Parevano chiedergli di scendere lungo quel passaggio. Prese un respiro e si girò verso il cimitero. Con la coda dell'occhio vide Diana, Olimpia e Leo. Fece loro un cenno del capo, ma non c'era altro tempo da perdere. Così oltrepassò la soglia e scese nell'ombra.

L'aria era irrespirabile. Aveva sentito quell'odore soltanto una volta, quando aveva visitato le cripte di una grande chiesa nella sua città. Là, nello scantinato, c'era quello stesso odore di tempo che ripensa a se stesso, e che ricorda il proprio passato. Denso. Traboccante. Remoto. *La tana perfetta per due creature piene di odio infinito,* pensò Timo.

Levò la candela, ma il buio era ancora fitto e la spada che stringeva nel pugno catturò solo un bagliore dorato della fiamma. *Dove sono?* pensò. Al primo SNAP! il suo talento si era talmente riempito di collera che aveva dovuto riversarla contro qualcuno: i suoi genitori.

Aveva sbagliato. Sì, adesso lo sapeva. Adesso riusciva a comprenderlo: l'odio, la rabbia, il dolore sono sentimenti potenti che lasciano sempre una traccia quando li scateniamo contro qualcuno. Non sono vento. Sono gesti, azioni, parole; e come tali hanno un potere: il dono di ferire e il talento di lasciare un male nel mondo. Ma il danno era stato fatto, e ora lui non sapeva come rimediare. Scese le scale e gli parve di vedere una luce, là in fondo. Lasciò la candela su un gradino e scese gli ultimi ripidi scalini.

Il corridoio di pietra finì di colpo.

Su un altro mondo.

***

Si trovò immerso in una landa desolata, sotto un'alba dalle nubi tinte di viola e oro. L'erba attorno a lui, alta fino al ginocchio, era mossa da un vento leggero come un sussurro nella notte. In cielo tremavano stelle sconosciute, proprio sopra un antichissimo tempio costruito con smisurati blocchi di pietra nera. Timo lo fissò a lungo, e capì di non essere solo. Lo stavano osservando. Sentì la pelle d'oca lungo le braccia. Erano lì, da qualche parte. Riusciva a sentire la loro vicinanza. Si erano trasformati. Erano pronti per fuggire da quella prigione.

«Mamma?» provò a chiamare Timo.

Ci fu un fruscio nell'erba.

«Papà?»

Un altro fruscio.

Timo continuò a osservare il tempio di pietra: una costruzione primitiva, a cupola, sormontata da un cerchio di pietre con incise delle scritte in quarzo bianco. Non seppe tradurle, ma le riconobbe perché le aveva già viste altrove, molte altre volte.

Le aveva viste nel libro della sua famiglia: era la lingua del Re Corvo. Provò un attimo di turbamento. Capì in quell'istante che si trovava nel luogo in cui era nata la Vera Magia, secoli prima. Ecco in cosa aveva mutato il seminterrato. Ecco dove aveva cacciato sua madre e suo padre. Timo aveva sempre pensato che per i suoi genitori fossero più importanti i doni e i talenti, rispetto a lui, e li aveva voluti punire per questo.

Ci fu un mesto gracchiare, come una risata. Timo sollevò la spada d'istinto, consapevole però che mai l'avrebbe usata contro i suoi genitori.

Due paia d'occhi d'argento si aprirono in mezzo alle vecchie pietre del tempio. Sua madre e suo padre erano irriconoscibili. Timo per lo stupore e lo spavento lasciò cadere a terra la spada. Livia e Anchise non c'erano più. Le due creature indossavano folti mantelli dalle piume nere, avevano file di teschi di corvo come corone e i volti pallidi, severi, coperti di piccole piume dai riflessi blu e viola.

Suo padre fu il primo a uscire dal tempio di pietra; aveva lunghi artigli al posto delle mani, gialli come le zampe degli uccelli.

«Il Re Corvo e la Regina Corvo» mormorò Timo, ma lo aveva sempre saputo. Li aveva tramutati in ciò che amavano, o meglio, in ciò che lui *supponeva* amassero. «Vi prego, lasciatemi spiegare. Io non volevo tutto questo, ho sbagliato, lo so. Vi ho fatto del male, ma cercate di capirmi, ero così... spaventato. Credevo di essere diventato un problema.»

Timo voleva spiegare ogni cosa, ma la Regina Corvo lo zittì con uno strepitio orripilante. Fu un verso bestiale, che non aveva nulla di umano. La creatura uscì dal tempio e spalancò il mantello: due ali immense ripiegate su loro stesse. Anche suo padre fece lo stesso, dopodiché entrambi si lanciarono in volo su di lui, cercando di aggredirlo. Timo si buttò a terra. Sua madre quasi l'afferrò, con quei suoi artigli aguzzi. Gridò qualcosa. Sembrava una risata. Una presa in giro, forse.

Timo li seguì con lo sguardo e capì troppo tardi cosa intendevano fare. I suoi genitori si fiondarono strepitando come corvi verso la porta. Per fuggire dallo scantinato.

Per invadere il mondo.

***

Timo si alzò in piedi, recuperò la spada di cristallo e si precipitò su per le scale, all'inseguimento.

I suoi genitori erano fuori, liberi. I corvi iniziarono a gracchiare in coro, poi presero a volteggiare attorno al re e alla regina, in un corteo nero che aveva una precisa direzione: una delle finestre che davano sull'esterno, su Mantova. Il sole stava per sorgere.

Fu la prima cosa che Timo vide uscendo dalla pancia dello scantinato. I corvi – agli ordini dei loro oscuri padroni – presero a schiantarsi contro i vetri nel disperato tentativo di romperli e fuggire da quel mondo, per riversarsi in quello reale. *È proprio come nelle storie che mi raccontava nonna Lucina,* pensò Timo, impietrito accanto alla porta. *Proprio com'è accaduto secoli fa con le Guerre dei Corvi. Sono tutti in volo e li ho scatenati io. Eccoli!* Non aveva capito i suoi genitori. Non li aveva ascoltati. Aveva fatto di testa sua pensando che la ragione avesse sempre un'unica voce.

«Timo!» Diana lo riportò alla realtà. «Usa il tuo potere, Timo!»

«Usa lo SNAP!» gli disse Olimpia.

Leo aveva ormai la bocca sommersa, ma sembrava implorarlo con gli occhi di fare presto.

Lo schiocco, pensò Timo, guardandosi le dita. Come potevano chiedergli una cosa del genere? *Ha fatto solo un mare di disastri...* Era colpa del suo dono se si trovavano in quel pasticcio.

Sua madre lo attaccò di nuovo, planando su di lui, costringendolo a buttarsi di lato, sul bordo di un precipizio. Timo sentì le gambe cedere e il vuoto aprirsi sotto di sé. Afferrò con la mano una roccia, lasciando cadere la spada nel vuoto.

«Puoi ancora rimediare a tutto, Timo!» gli gridò Diana.

«Fallo, Timo!» l'implorò anche Olimpia. «Ti prego. Tu credici!»

Lui scosse la testa, ormai prossimo a mollare la presa. I corvi gli volavano attorno, beccandogli la mano e il braccio con cui si teneva aggrappato. Lacrime calde gli scesero lungo le guance. Aveva rovinato tutto, era stato così stupido ed egoista. Tirò su col naso mentre le dita gli dolevano per lo sforzo e per le ferite. All'improvviso ci fu un frastuono di vetri che s'incrinavano e poi si rompevano: i corvi avevano trovato il modo di spaccare le finestre e fuggire.

Pochi attimi ancora, pensò Timo. *A volte,* rifletté poi, *splendere sembra la cosa più attraente di tutte. Ma in un mondo pieno di luci false, decidere di non brillare – avere il coraggio di restare Spenti quando tutto è un divampare – è la più saggia delle scelte e il più alto gesto d'amore.*

Le grida del Re e della Regina Corvo gli tuonarono in testa.

Timo chiuse gli occhi e si lasciò cadere.

Levò la mano e rivolse contro di sé il suo potere.

Schioccò le dita.

SNAP!

SNAP!

Questa volta è diverso, lo sento. Il mio dono esplode, ma nasce da una scelta fatta con il cuore. Ho sempre pensato che avere un talento, un dono o un potere – uno che fosse immenso e straordinario – fosse nel mio destino.

Mi sono sempre sbagliato. È un'idea che mi ha fatto solo soffrire e non mi ha fatto vedere le cose importanti. Gli abbracci di mamma e papà. Le risate con Leo. Le litigate con Olimpia; sì, anche quelle. I momenti con Diana.

Tutta vita preziosa. Nessun talento, per quanto speciale, può eguagliare l'affetto di chi ti vuol bene. Sono pronto a rinunciare a tutto per questo: anche al mio potere. Ho schioccato le dita e ho desiderato essere uno Spento. Se il mio dono scompare, sparirà anche tutto il male che ho fatto.

Ho scelto di non avere alcun dono. La magia precipita e si quieta. Io mi svuoto come un recipiente che pian piano esaurisce tutto il suo contenuto. Va bene così. È giusto così, se questo mi aiuterà a salvare chi amo. Sono pronto a tutto: mi basta solo riavere indietro la mia famiglia e i miei amici.

Sento qualcosa che di colpo si strappa dentro di me e si spegne.

Resisto all'impulso di mettermi a urlare.

E mi perdo nella luce.

EPILOGO

IN CUI SI È FELICI ANCHE NELL'ESSERE SPENTI, E SCHIOCCARE LE DITA NON FA PIÙ PAURA

Timo fissò il parco illuminato dal sole di fine ottobre. La giornata era calda e le pietre in bugnato di Palazzo Te brillavano sotto una pioggia di foglie dorate. Olimpia e Leo inseguivano Diana che li sfidava a toglierle il pallone dai piedi.

Lui sedeva su una panchina, accanto a sua madre e suo padre: i suoi genitori, tornati quelli di una volta grazie al suo sacrificio. Livia gli teneva un braccio sulle spalle. Di tanto in tanto gli baciava i capelli, proprio sulla fronte, dove una ciocca bianca era apparsa all'improvviso. I capelli gli si erano schiariti. Era stato per lo sforzo di estinguere il proprio potere. Qualcosa dentro Timo si era spento per sempre.

«Ti stanno bene, sai?» gli disse sua madre con un sorriso.

Anche suo padre annuì, ma senza perdere di vista gli altri. «Ti danno un'aria matura, Timo. Ora sembri quasi più grande.»

Timo alzò gli occhi per fissare la ciocca bianca. «Torneranno mai come prima?»

Sua madre scosse la testa e gli prese la mano. «Sei stato marchiato da un potente sortilegio» gli disse. «Lo chiamano l'*Impronta*. Hai fatto una cosa molto coraggiosa, tesoro.» Livia lo baciò ancora sulla fronte. «Hai dato tutto te stesso per noi, e rinunciare a se stessi per gli altri comporta grande coraggio.»

Si erano spiegati a lungo nei tre giorni che erano trascorsi da quella terribile notte. Il condominio era tornato quello di prima. I suoi inquilini non ricordavano niente di ciò che era successo, ma Timo aveva dovuto spiegare tutto ai suoi genitori.

La cosa più importante, però, l'avevano spiegata loro a lui. La sera in cui si era arrabbiato tanto e aveva fatto SNAP!, aveva travisato il senso del loro discorso, origliandolo dal pianerottolo. Non avevano mai pensato di sminuirlo, né di farlo sentire meno importante o amato di quanto non fosse realmente. Loro volevano solo proteggerlo dall'illusione che avere un dono fosse tutto e rendesse le persone speciali. Ora, però, sapevano che Timo era forte abbastanza da vivere una vita da Spento. Era stato lui a desiderarlo, per salvare tutti.

Livia lo strinse con orgoglio e Anchise lo osservò, fiero di lui. «Non vai a giocare con gli altri?» gli chiese arruffandogli il ciuffo.

«Sì, vado.» Timo si levò la felpa perché aveva caldo. Voleva correre, ridere, giocare, scherzare: poteva farlo e gli sembrava pazzesco. Si alzò dalla panchina e si avviò verso gli altri.

«Dai, Timo, vieni!» gridò Diana. I capelli blu della sua amica scintillavano come un cielo privo di nuvole. Leo s'impegnava a placcarla e Olimpia – barando un po' col suo potere, e un po' giocando a modo suo – cercava di aiutarlo.

A metà dell'ampio parco, però, Timo si fermò. Si fissò le dita della mano sinistra. Ebbe uno strano impulso, *come se...* Provò ad avvicinarle e nel farlo trattenne un respiro in gola. Le schioccò.

Attese solo un istante. Nel vento tiepido. Sotto il sole.

Non accadde nulla, e Timo sorrise.

«Arrivo!»

Una coccinella che stava in mezzo al prato seguì la corsa di quel ragazzino dai capelli neri con una ciocca bianca, come un perfetto raggio di luna. Poi svolazzò lenta sulle bocche di leone, mentre le sue ali si accendevano a intermittenza di mille colori.

Lo SNAP! le era risuonato dentro, *trasformandola.*

Nessuno, però, lo seppe.

Non quel giorno.

RINGRAZIAMENTI

Inventare mondi, fin da bambino (da quando cioè giocavo a fare lo scrittore riempiendo una vecchia agenda di storie), è sempre stata la mia gioia più grande. *Io volevo scrivere*, era più forte di me. Scrivere mi ha aiutato a raccontarmi e a capirmi. Scrivere, come dico anche nella dedica, è davvero l'incanto più grande di tutti: è quello che mi ha cambiato la vita.
Per compiere una grande magia, però, o per esaudire un talento, non si può contare solamente sul proprio dono. Serve l'aiuto di chi riesce a vedere, in quel dono o talento, ciò che di buono esiste per poi regalarlo agli altri. Servono oracoli e veggenti, maghi e maghe che conoscano le vie della Vera Magia. E grazie a questo libro, io ne ho incontrati tanti.

SNAP!

Grazie di cuore alla mia editor, Elisa Fratton, e all'intera casa editrice, Gribaudo, per aver creduto in questa storia e per aver compiuto la *Grande Magia*. Fra quelle esistenti è di sicuro la più potente, perché riesce a condurre un libro in libreria e donarlo ai lettori. Grazie infinite! Grazie anche per la magnifica copertina a Mónica Armiño; un vero incanto, il suo.

SNAP!

Grazie ai miei agenti letterari, Monica Malatesta e Simone Marchi, e a tutta la Malatesta Literary Agency, perché, come dei veri veggenti, hanno saputo guidarmi in tutti questi anni nel fatato/stregato mondo dell'editoria. Grazie per ogni sortilegio.

SNAP!

Grazie ai ragazzi – in verità draghi, unicorni, fate e folletti pieni di vita – dell'*Experience Summer Camp* di Canazei, che hanno ascoltato questa storia in anteprima e mi hanno travolto con il loro entusiasmo perché ne volevano sempre di più. E grazie di cuore alle incantatrici Laura Orsolini e Irene Spini, per il tempo condiviso, le risate, e i sette giorni speciali.

SNAP!

Grazie alle amiche scrittrici di sempre – Deborah Epifani, Anna Giraldo, Simona Diodovich – per l'affetto e i tanti consigli preziosi; che incredibile talento c'è nelle vostre storie!

SNAP!

Grazie di vero cuore a Remo Telini, che sa compiere la Vera Magia, che ha doni e talenti in abbondanza, che con un solo schiocco di dita ha cambiato tutto il mondo; il mio. Grazie. *Sempre.*

INDICE

PARTE PRIMA

IL GIORNO PRIMA DELLO SNAP!

PARTE SECONDA

POCHI ISTANTI DOPO LO SNAP!

PARTE TERZA

MANCA ANCORA UN ULTIMO SNAP!